HISTORIAS DE MIS MAESTROS
Volumen I

Por Emilio A. Montañez Delerme

Esta es una obra de ficción. Los nombres, los personajes, negocios, lugares, eventos, e incidentes son obra de la imaginación del autor, o se usan de forma ficticia. Cualquier semejanza con personas reales, ya sea vivas o fallecidas es pura coincidencia.

ISBN 978-0-692-58790-4

DEDICATORIA

A doña Juanita,

la madre que me trajo al mundo, y que trabajó muy duro para

hacerme una mejor persona.

Y a doña Diana, mi esposa, que ha dado seguimiento a la

obra que empezó doña Juanita en 1939.

Y a todos los ángeles que han acudido a mi rescate en los

momentos difíciles de mi vida.

CONTENIDO

CUANDO LA CURA ES PEOR QUE LA ENFERMEDAD

Margarita Guzmán llegó a Nueva York, a la casa de unos familiares cuando terminó la escuela superior en Carolina. Comenzó a trabajar en una fábrica de correas, y estudiaba de noche. Sus estudios dieron fruto, pues al cabo de unos años se graduó de enfermera, y consiguió empleo en un hospital.

Tuvo una relación con un hombre casado, y dio a luz una hija, a la cual llamó Annie. Fue ella sola quien tuvo a su cargo el sustento y la educación de su hija.

Annie cursaba estudios en la escuela superior cuando un camión que no se detuvo en una señal de pare impactó otro vehículo, cuyo conductor perdió el control, atropellando a Annie, y la joven falleció al instante. Naturalmente, para Margarita, este suceso fue una tremenda tragedia, y se vio sumida en el más profundo duelo.

Margarita recibió la cantidad de $500,000.00 dólares en una acción de daños y perjuicios que radicó contra la compañía aseguradora del camión. Aunque el dinero no mitigaba la pérdida, Margarita hizo planes para renunciar a su empleo, ayudar a sus padres, (quienes vivían en Puerto Rico), y vivir una vida dejando atrás la angustia de haber perdido a su querida hija.

Luego de la muerte de Annie, Margarita quedó profundamente afectada emocionalmente, y cometió una serie de errores, entre ellos, la mala administración de sus finanzas. Uno de estos errores la perseguiría por el resto de su vida…

Margarita compró un automóvil, y una noche, mientras conducía por esos mundos de Dios, ¡impactó a un peatón! Como no tenía licencia de conducir, y no había comprado una póliza de seguro para el auto, el pánico se apoderó de ella. Subió el hombre al auto y se lo llevó para su apartamento.

El hombre se llamaba Nicolás Trinidad. Tenía alrededor de 50 años, era grueso y andaba desaliñado. Pero era muy astuto, de lo cual Margarita, con el susto y todo lo que había pasado con la muerte de su hija, no se percató.

Ella le pidió disculpas, y entre lágrimas, le contó lo del accidente de su hija, del dinero que había recibido como fruto de la demanda, que sus padres y sus hermanas vivían en Puerto Rico, y que sus planes eran regresar a vivir a Puerto Rico.

Nicolás le dijo que se sentía mal a causa del impacto que ella le había dado con el auto, y que debía quedarse en el apartamento hasta el otro día, porque estaba mareado. Ella le creyó, y lo dejó dormir en el sofá.

Por la mañana, el hombre se fue, y Margarita creyó que había terminado el asunto, pero esa tarde a las 6:00 PM, Nicolás llegó de vuelta al apartamento, ¡y le pidió que le preparara algo de comer, o que lo llevara a un restaurant! Ella decidió cocinar, comieron, y como a las 10:00 PM, Nicolás se fue. Pero el hombre sabía que la tenía en desventaja, y en lo sucesivo, siguió aprovechándose.

Margarita se dio cuenta de las maquinaciones de Nicolás. ¡Era el hombre más abominable que existía en la faz de la tierra! ¡Ella hubiera preferido ir a la cárcel y no pasar lo que estaba pasando!

Tratando de sacárselo de encima, adelantó el viaje que tenía para Puerto Rico. Cuando dijo a Nicolás de su viaje, él se alegró muchísimo; le dijo que hacía mucho tiempo que quería ir a Puerto Rico ¡y que le comprara un pasaje para ir con ella también! La pobre mujer le compró el pasaje…

Cuando llegaron al aeropuerto en Puerto Rico, estaban esperándola su papá, su mamá, sus hermanas con sus respectivos esposos, y hasta sus sobrinos. Cuando la familia la vio acompañada de Nicolás, dieron por sentado que existía una relación sentimental entre ellos. Y Nicolás, que no era ningún angelito, se dio cuenta y le sacó ventaja a lo que aquellos incautos creían.

El papá, la mamá, y toda la familia de Margarita, simpatizaron de inmediato con Nicolás. El papá lo trató de inmediato como un miembro de la familia, y les preparó una habitación con una sola cama para que durmieran. Margarita no se acostó en ningún momento. Mientras Nicolás roncaba como un huracán, ella no pegó los ojos…

El domingo, toda la familia acudió a la iglesia pentecostal. Nicolás causó una muy buena impresión. Conoció al pastor y a su esposa, de quienes inmediatamente se hizo amigo. Todo el mundo estaba contento menos Margarita. Pero ella respetaba tanto a su papá, que no quería llevarle la contraria.

El papá de Margarita y Nicolás hablaron con el pastor para la celebración de la boda, sin pedirle pareceres a Margarita. Y la boda se celebró el domingo siguiente en la tarde…

Luego de la boda, Nicolás le pidió permiso a su suegro para construir una vivienda en el segundo piso. El suegro dijo que no había problema, que había un hermano de la iglesia que era tremendo contratista, y de inmediato comenzó a construcción.

Margarita estaba tan indignada, que regresó a Nueva York, y su esposo Nicolás se quedó con los suegros, encantado de la vida, comiendo y durmiendo, sin dar un tajo y sin tener que ponerse un "coat"[1], porque en Puerto Rico no hace frío. Meses más tarde, cuando Margarita regresó a Puerto Rico, la casa estaba terminada, y Nicolás estaba ocupándola como su orgulloso propietario, con la bendición de sus suegros y de toda su santa iglesia…

---

[1] Abrigo invernal.

Muchos años antes de emigrar a Nueva York, Nicolás había sido taxista en Puerto Rico, y en ese ambiente de taxistas y turismo era bien conocido. Durante el tiempo que Margarita estaba en Nueva York, él le cogía prestado el carro a su suegro o a uno de sus cuñados, y se iba al aeropuerto a ver a sus compañeros de antaño.

En el aeropuerto se enteró que alguien estaba vendiendo un taxi turístico con todos los permisos en $25,000.00 dólares. Cuando Margarita regresó a Puerto Rico, Nicolás le dijo que la dejaría tranquila, que no tenía reparos en divorciarse, pero que le diera los $25,000.00 dólares para comprar el taxi. Así se buscaría la vida y no se moriría de hambre…

Margarita estaba tan desesperada por salir de aquella criatura tan despreciable, que inmediatamente le dio el dinero. Nicolás compró el taxi, pero no se fue para ningún lado. Lo que hizo fue mandar a hacerle un garaje al taxi. Con el dinero de Margarita, naturalmente…

Con dolor en su alma, Margarita regresó a Nueva York y al frío invernal, esta vez para quedarse. Renunció al cariño y la devoción que les tenía a sus padres, pues ellos seguían creyendo que Nicolás era una buena persona.

Nicolás trabajaba su taxi en el aeropuerto y en la zona hotelera de Isla Verde solamente. A las cinco de la tarde, dejaba de trabajar, y se retiraba para su casa. Una tarde, cando se disponía a regresar a su residencia, dos jóvenes muy bien vestidos le pidieron que los llevara al barrio La Central de Canóvanas, y como era la ruta que debía tomar para su casa, no rehusó llevarlos.

Esa noche, Nicolás no llegó a su casa a dormir. Al otro día por la mañana, encontraron su cadáver dentro del taxi. Había sido asaltado y asesinado.

Margarita nunca pudo hacerle ver a su familia la clase de persona que era Nicolás, y cuando éste murió, ella, ahora viuda, tuvo que viajar a Puerto Rico para identificar el cadáver. Pero, al final, Margarita logró recuperar sus sueños, que por mucho tiempo se habían tornado en una pesadilla

llamada Nicolás.

LO QUE LE PASÓ A GUILLE

En el mes de agosto de 1926, nació en el barrio El Gandul de Santurce, Puerto Rico, un niño saludable, pero lamentablemente su madre no tuvo la dicha de darle no siquiera un beso. Ella murió en el parto.

Su padre era marino mercante y se desconocía su paradero, por lo que la comadrona del barrio, Mamá Lalí, se hizo cargo del recién nacido. Le puso por nombre Guillermo y lo crio junto a sus nietos, y otros tres muchachos sin padre, cuyas madres habían muerto de parto. El corazón de Mamá Lalí era grande; era una persona muy generosa.

Mamá Lalí era una mujer de tez trigueña clara, con unas trenzas canosas, y una constitución muy fuerte. Algunos decían que era natural de Vieques, otros que era de una de las islas caribeñas, porque además de hablar español, hablaba inglés, y se entendía muy bien con la comunidad de personas procedentes de las Islas Vírgenes que vivían en el litoral. También hablaba francés y un dialecto denominado papiamento.

Guillermo era el menor de todos los niños que estaban bajo el cuidado de Mamá Lalí, pero desde muy temprano se dio a conocer en el barrio. Era claro de color, pero su pelo era bien "kinky"[2]; un pelo que ni la potasa ni la peinilla caliente podían dominar. Y así era su personalidad. Era una estrella en la natación y muy bueno en el boxeo, y lo apodaban Guille.

Cuando Mamá Lalí falleció, su hija Ana compró una casa en el área de la calle Loíza, bien cerca de la Iglesia Católica

---

[2] Dícese en Puerto Rico por algunos del pelo ensortijado de las personas de la raza negra.

Santa Teresita. Allí se mudó con sus cuatro hijos y con Guille. Ana obligaba a Guille a ir a misa, para ver si con la ayuda del Padre Sánchez cambiaba su temperamento. Como veremos adelante, no tuvo éxito.

Por su carácter indomable dejó la escuela a la edad de 17 años. Su primer empleo fue de salvavidas en uno de los pocos hoteles de turismo que existían en aquella época.

Tenía una gran fanaticada, debido a su atractivo físico, y se convirtió en una figura mítica por su pegada, y por los muchos "guapos" [3] que puso a dormir cuando chocaron con su mano derecha.

Los muchachos de su edad que estaban en la escuela superior lo invitaban a todas las fiestas y a las actividades en los hoteles, y cualquiera que se atreviera a meterse con sus amigos, tenía que vérselas con Guille.

Las cosas llegaron al extremo de que le compraron un "tuxedo", y para las fiestas en el lugar que fuere, lo recogían

---

[3] Dícese en Puerto Rico de los hombres peleones, busca pleitos.

en automóvil y le pagaban todo. Guille se convirtió en el guardaespaldas de aquellos muchachos, hijos de abogados, médicos, y empresarios ricos de San Juan. Esos amigos salían de compras con él, y Guille llegaba a su casa con ropa, zapatos, y todo lo que le hacía falta y más. ¡No tenía que trabajar!

Entre los amigos de Guille estaba Manolín Collazo; un muchacho cuyo padre tenía un "dealer" de carros[4]. Manolín se casó con Jenny Álvarez; una muchacha preciosa, de muy buena familia, graduada de la Universidad de Puerto Rico. Fue una tremenda boda. Ambos padres tiraron las puertas por las ventanas, y les compraron un apartamento. Un año después, les nació una niña a quien llamaron Sara. Pero… Manolín era un hombre rico, bien parecido, y mujeriego. Tenía todas las cualidades para que las mujeres quisieran tener amores con él…

---

[4] Una empresa concesionaria de automóviles

Y comenzaron los problemas entre la pareja cuando Manolín la dejaba sola con la niña en casa de los papás de Jenny y llegaba de madrugada. No tenía que trabajar. Sus padres se lo proporcionaban todo.

Buscando suavizar las cosas, Manolín habló con Guille para que recogiera a Jenny en la casa de sus padres cuando él planificaba tener una cita con alguna de sus amiguitas. Guille no podía decirle que no porque Manolín era el que más favores le hacía y los padres de Manolín lo sacaban de cualquier lío en que se metía.

El arreglo estuvo muy bien al principio, pero Manolín quería estar fuera de su casa todas las noches, y sucedió lo inevitable: el cabro se comió las lechugas. Guille y Jenny se enamoraron. Era una cosa tan obvia que la familia y los amigos cercanos se dieron cuenta…

Cuando Manolín se enteró, le dio una paliza a Jenny. Temiendo que sucediera una tragedia, al día siguiente sus padres la mandaron a la casa de una tía que vivía en Nueva York.

Cuando Guille tuvo conocimiento de la paliza que Manolín le había propinado a Jenny, lo estuvo buscando dos días, hasta que lo encontró saliendo del apartamento de una de sus amigas en el Condado.

Aunque tenía mucho coraje, Manolín nunca había peleado; no sabía nada de boxeo no de defenderse. Guille, que por su naturaleza era fuerte e indomable, le dio la golpiza que nunca le había dado a nadie. Lo golpeó como a un "punching bag"[5] en el gimnasio.

Manolín estuvo un mes en el hospital. Temían que quedaría con daño cerebral. Sus padres lo trasladaron a Boston para reconstruirle la cara. Fue una situación extremadamente lamentable…

Los padres y demás familiares de Manolín no quisieron llevar el caso ante la justicia por temor al escándalo, por todo

---

[5] Vejiga que se usa para entrenar boxeadores en el gimnasio

lo que originó la situación. Eran personas bien católicas. Gracias a sus influencias y relaciones políticas, no se publicó nada en la prensa.

Este acto tan repudiable de Guille lo dejó sin amigos. Toda esa gente que lo admiraba y lo quería le cerró las puertas. En ese ambiente donde había sido un ídolo, se convirtió en un estorbo público. Para colmo, los amigos de Manolín contrataron un "hit man"[6] y hubo varios atentados en su contra. Se tuvo que mudar de la casa donde lo criaron, por temor a que lo mataran. Guille pasó un mes en esta zozobra, "me matan o no me matan", tratando de no ser visto, y sobre todo, pasándola muy mal. La gente que lo podía ayudar ahora eran sus enemigos.

Recibió una carta de Jenny, en la que decía que había conseguido empleo en Nueva York, en una de las tres compañías de seguros más grandes. Estaba buscando un apartamento para poder mudarse de la casa de su tía y tan

---

[6] Asesino a sueldo

pronto lo consiguiera, le enviaría el pasaje para que se reuniera con ella. Dos semanas más tarde recibió otra carta de Jenny que contenía el pasaje, con una nota de que estaría esperándolo en el aeropuerto.

El Día de Acción de Gracias de 1951, llegó Guille al aeropuerto Idlewild[7] de Nueva York, y allí estaban Jenny y la niña esperándolo. Los primeros días en Nueva York fueron muy difíciles, como sucede con todos los puertorriqueños que arriban en invierno y sin trabajo. Jenny tenía un buen sueldo, pero el dinero que recibía no cubría los gastos que ahora tenía.

Guille se dio cuenta de que Nueva York no era como le contaban sus amigos que se habían ido a esa ciudad e iban de vacaciones a Puerto Rico. Para poder fumar, tuvo que recoger colillas de cigarrillos de las aceras…

---

[7] Idlewild – nombre anterior del aeropuerto John F. Kennedy.

Jenny comenzó a gestionarle un empleo. Ella había estudiado en un colegio católico y hablaba un inglés perfecto. Guille, sin embargo, no tenía ninguna experiencia de trabajo.

En el edificio principal de la compañía de seguros donde trabajaba Jenny había una cafetería donde desayunaban y almorzaban todos los empleados. El dueño había colocado un letrero de "help wanted"[8] para atender a los clientes, y Jenny hizo los arreglos para que Guille comenzara a trabajar a día siguiente. Allí se ganó a todos los empleados porque no había perdido la habilidad de hacer amigos. Además, por su físico, caía muy bien; no era un hombre del montón. En una semana aprendió a preparar sándwiches, huevos, avena. Era amigo de sus compañeros y de los clientes, pero siempre trataba de ganarse la amistad y admiración de los jefes. Meses más tarde, Guille y Jenny se mudaron a un apartamento en un buen vecindario y la niña fue a estudiar a un colegio.

---

[8] Se solicita empleados.

Para el fin de semana de "Memorial Day"[9], la compañía

tenía por costumbre hacer un "picnic"[10] donde se reunían

todos los empleados con sus familias en tremenda fiesta.

Estando en el área de la piscina, un niñito como de 4 años, en

un descuido de sus padres, se lanzó al agua. ¡No sabía nadar

y se estaba ahogando! Guille se tiró a la piscina estando

totalmente vestido, y con su experiencia de salvavidas de sus

tiempos en Puerto Rico, salvó al niño. Luego de ese acto

heroico, cuando llegó el lunes a trabajar a la cafetería, pasó a

ser la persona más importante en la compañía.

El martes, cuando llegó a trabajar a la cafetería, tenía un

mensaje de que pasara por la oficina del CEO[11]. ¡Gracias a

Dios que sabía hablar inglés! En aquella oficina, seis

ejecutivos, entre ellos el padre del niño, lo felicitaron, le

dieron las gracias, y le ofrecieron el trabajo de valet del CEO.

Guille aceptó el empleo sin saber lo que era un valet. Le

---

[9] Día de la Recordación (de los veteranos)
[10] Pasadía
[11] Director Ejecutivo por sus siglas en inglés.

dieron el día libre con paga, y le informaron que comenzaría a trabajar en su nueva posición el miércoles a las 9:00 AM.

Cuando Jenny llegó del trabajo por la tarde, Guille quiso contarle de la reunión que tuvo con los ejecutivos, pero ella ya lo sabía todo. Como él no tenía idea de qué era ni qué funciones desempeñaba un valet, Jenny llamó a una compañera de trabajo, y está le explicó que se trataba de un asistente personal.

Llegó el jueves, el primer día como valet del protagonista de nuestra historia. Fue impecablemente vestido con un traje azul marino, (el único que poseía), y por su físico, todo le quedaba bien. Llegó a la compañía a la misma hora que acostumbraba cuando laboraba en la cafetería. ¡Sus compañeros nunca lo habían visto tan bien vestido! Le dieron ánimo y a las 9:00 AM, hora americana, ya estaba ocupando su nuevo cargo. Lo hizo todo tan bien, que permaneció en su nueva posición hasta que se retiró con su pensión.

Sara, la hija de Jenny, no conoció otro papá sino Guille, y las relaciones entre Guille, Jenny, Sara, y su empleo eran magníficas. Guille se daba su traguito en su casa, pero no era adicto al alcohol. Su único amigo y conexión en Puerto Rico era Rafael, quien también fue criado por Ana, la hija de Mamá Lalí. Guille y Rafael se veían muy de vez en cuando, y como Rafael era callado, le servía a Guille de confidente, escuchando todas sus aventuras.

Sara era muy inteligente. Guille siempre quiso que estudiara medicina, pero se conformó con graduarse de enfermería. Esto le causó molestia a Guille, y los problemas escalaron cuando Sara se enamoró de un muchacho que trabajaba en un supermercado. Guille no aprobó la relación porque quería un hombre más preparado para su hija, y no un simple empleado. Sara siguió adelante con su noviazgo, con el apoyo de Jenny, lo cual mortificó tanto a Guille, que no asistió a la boda. Se separó de Jenny y se fue a vivir a un apartamento cercano a la oficina donde seguía laborando como valet. Terminó divorciándose de Jenny.

En la oficina había una joven judía muy bonita, de nombre Jessica Goldman. Era soltera y supervisora en una división de la compañía. Guille, como todos los hombres puertorriqueños, le decía cosas bonitas y hacía cosas que los varones de allá no hacen. Tanto estuvo hasta que la muchacha lo invitó a su apartamento, que le habían comprado sus padres, ubicado en el área cercana a Central Park, en una comunidad de judíos adinerados. Allí había una barra de pared a pared; era algo como para millonarios, con garaje para dos autos. Esa fue la nueva morada de Guille por muchos años.

A la edad de 50 años, Guille se casó con Jessica, quien tenía 28. Tuvieron un varón, a quien llamaron Arnold, y dos años más tarde, otro varón, a quien llamaron Frank.

Todo iba de maravilla, estaban felices, y viajaban todos los años a todas partes del mundo. En dos ocasiones viajaron a Puerto Rico y se quedaron en uno de los hoteles más lujosos del Condado. En Puerto Rico bautizó a los dos niños, y dos de sus amigos fueron los padrinos.

Cuando Guille tenía 68 años y tanto él como Jessica estaban retirados y disfrutando sus jugosas pensiones, los niños llegaron a la adolescencia. Guille no les permitía llamadas telefónicas ni visitas de sus amistades; no permitía que salieran de noche ni que asistieran a actividades con sus compañeros.

Era otra época, ya los jóvenes no respetaban la autoridad, y se formó un motín a bordo. Jessica, siendo más joven, apoyo a sus hijos. Los muchachos se quejaron a las autoridades de la escuela de que su padre los estaba maltratando a ellos y a su mamá. El caso fue referido al departamento de bienestar de la niñez de la ciudad de Nueva York. Cuando citaron a Guille al tribunal, se enfureció como en los tiempos de su juventud. Trató de agredir a Jessica, pero ya Arnold no era un niño. Era un muchacho fuerte, atlético; constitución que heredó de su padre. Le hizo frente y Guille se quedó en la calle. Con su pensión podía vivir, pero no al nivel del apartamento de Jessica…

Luego de luchar con su enojo y calmar su agresividad, llamó a Jenny. Sara se había divorciado y estaban las dos viviendo juntas. Vino Guille, y fue bien recibido. Allí se quedó a pasar sus últimos días.

LA MANANTIAL

I. Trasfondo

La historia que se relata a continuación transcurrió en un establecimiento mercantil ubicado en Miramar, San Juan, dedicado a la venta de bebidas alcohólicas, comida, y comercio sexual, al cual le daremos el nombre de "El Toro Negro". Los lectores varones recordarán el nombre real, el cual finalizó su existencia debido a un cambio de zonificación y la final expropiación del terreno por parte del Estado.

Éste era un lugar de vida nocturna muy frecuentado tanto por turistas como por el público en general, y la fuente de empleo y sostén económico de las muchachas que allí trabajaban por cuenta propia, por taxistas, y trasportistas en general. Además, cuando la Policía realizaba un operativo, los abogados se llevaban una gran tajada por defender a las acusadas y acusados.

No todos los visitantes llegaban al lugar en busca de sexo. Había también clientes que celebraban despedidas de solteros, divorcios, ascensos en el empleo, ventas de propiedades, o cualquier otra ocasión que ameritaba festejo. El lugar tenía mucha seguridad, los empleados eran muy serviciales y complacientes, y las muchachas que allí trabajaban tenían toda clase de clientes: políticos, profesionales, y gente humilde, todos muy satisfechos con sus servicios.

Trabajaba por aquel entonces una mujer en sus treinta y tantos años, de nombre Zoraida Gálvez, que llegó de

Paraguay a Puerto Rico con una visa de turista expedida por el Servicio de Inmigración que le permitía libre acceso a los Estados Unidos por un término de seis meses. Este tipo de visa es para visitantes de buena fe, o sea, turistas, pero no le permite al beneficiario tener ningún empleo remunerado. Eso dice la ley, pero la realidad a veces es otra…

Esta dama era alta, esbelta, rubia natural, tenía una figura despampanante y una personalidad dominante que era un reto para el sexo opuesto. El mismo día que arribó a la isla se instaló en un apartamento en la calle Olimpo, donde residían muchas mujeres extranjeras que se dedicaban a la profesión más antigua del mundo. Aparentemente, ella se vio tentada a trabajar en la misma profesión de sus vecinas, pero, ya fuere por su singular belleza física o por sus artes amatorias, se convirtió en la más exitosa y solicitada por los clientes. Ella devengaba cuatro y hasta cinco veces más dinero que sus compañeras. Aunque había muchas otras, los clientes esperaban pacientemente la oportunidad de estar con ella.

Las compañeras terminaron bautizándola con el nombre de "La Manantial".

En menos de un mes se mudó a un apartamento en un edificio de lujo en el Condado, compró un auto deportivo del año, y tanto por esto como por su altanería, se ganó el odio y la antipatía de sus compañeras. Acostumbraba llegar a su lugar de trabajo a las 5:00 PM, y en pocas horas se iba para su casa con grandes sumas de dinero.

II.   La Manantial conoce a Junior Pagán

Junior Pagán era un joven de seis pies de estatura, blanco, con una abundante cabellera negra, y muy locuaz. Tenía un tremendo auto deportivo, y le decía a todo el mundo que era rico, que tenía conexiones, y que conocía a todos los ricos y famosos de Puerto Rico.

Los que lo conocían bien decían que Junior era el único nieto de uno de los hombres más ricos en Puerto Rico, que su papá nunca trabajó, y a la edad de dos años, su mamá se lo dio al abuelo para que lo criara. Estudió en los mejores colegios y de todos lo expulsaron porque era un "bully"[12]. Para el abuelo, todas las travesuras de Junior eran una gracia. Siempre tenía tremendos automóviles, y el abuelo lo sacaba de todos los líos, sobre todo, cuando agredía a sus compañeros. Cuando el abuelo murió, Junior cayó en desgracia. Los herederos testamentarios del abuelo fueron el papá y los tíos de Junior, y éste comenzó a tener muy mala vida.

Junior visitaba con frecuencia el lugar donde trabajaban las obreras de la noche, y con su boconería y sus alardes, llamó la atención de La Manantial. Se convirtió en su compañero e inmediatamente se mudó para el apartamento del Condado. Ya no tenía al abuelo, pero ahora tenía a La Manantial… Volvió a la buena vida, ¡y de qué forma! Visitaba los casinos y el hipódromo con frecuencia, pero La

---

[12] Abusador

Manantial estaba locamente enamorada y seguía ganando mucho dinero con su profesión.

III.   La Manantial conoce a Thomas James

La actividad en El Toro Negro siguió como de costumbre. Ahora Junior llevaba a La Manantial en "una corveta"[13], se iba a los casinos, y la recogía cuando ella lo llamaba por teléfono celular.

Un miércoles a las 5:00 PM llegó un cliente al Toro Negro, y como siempre, la que le gustó más fue La Manantial, y se fueron a gozar de la intimidad. Pasaron cinco horas, y ni La Manantial ni su cliente regresaban; una cosa muy rara, porque dedicar tanto tiempo a un solo cliente significaba una gran pérdida de ingresos.

La Manantial regresó con su cliente a las 9:00 PM. El hombre se fue, pero ella estaba en una nube… Estaba sumisa,

---

[13] Automóvil marca Corvette de la empresa estadounidense Chevrolet.

de una forma totalmente distinta a como ella acostumbraba ser.

El próximo miércoles, Junior la dejó en El Toro Negro más temprano que de costumbre, y ella se notaba muy ansiosa. El mismo cliente llegó y se repitió la misma situación del miércoles anterior. Cuando Junior la vino a recoger a las 10:00 PM, ella aún no había regresado…

IV.   ¿Quién es ese cliente nuevo?

El cliente nuevo se llamaba Thomas James, oriundo de la isla de Santa Lucía, capitán de una embarcación que llegaba a Puerto Rico los miércoles a recoger materiales de construcción y mercancía para Santa Lucía, y que regresaba el jueves temprano en la mañana. Era un hombre negro, musculoso, de aproximadamente 25 años de edad. Vestía siempre pantalón caqui, sandalias, y camisa con las mangas cortadas a nivel de los hombros. La embarcación era de su padre, quien era uno de los hombres más ricos de la isla de Santa Lucía.

Transcurrieron dos semanas, y Thomas no visitó El Toro Negro. La Manantial estaba profundamente deprimida, desconsolada… Un miércoles, tan pronto Junior la dejó en el trabajo, ella tomó un taxi y fue al desembarcadero del Aeropuerto de Isla Grande, donde atracaba el barco de Thomas. Allí se enteró de que el barco tenía problemas mecánicos, y por esa razón no estaba viajando a Puerto Rico. Siendo ella tan despierta, La Manantial averiguó cuál era la línea aérea que viajaba a Santa Lucía y cómo conseguir a Thomas.

Las cosas con Junior se estaban poniendo malas. Ya La Manantial no tenía la motivación de antaño de hacer dinero, por lo que Junior no podía seguir dándose la vida que acostumbraba. Tenía deudas y en una discusión que sostuvieron, Junior la agredió. Ella lo denunció y la Policía lo sacó del apartamento y le quitó el automóvil.

La Manantial tomó un vuelo que la llevó a St. Thomas y, a falta de vuelos, allí tomó un "ferry" que la llevó a Santa Lucía. Pudo localizar a Thomas, pero éste la trató con frialdad, porque era un hombre casado con hijos, y tanto él como su esposa, eran de una familia de alcurnia.

La Manantial regresó a Puerto Rico totalmente decepcionada para recibir la noticia de que Junior se había cogido un caso federal por tráfico ilegal de armas y drogas.

Thomas nunca regresó a Puerto Rico. La Manantial perdió toda motivación de trabajar y todo deseo de vivir. Sus compañeras de trabajo se burlaban de ella. La echaron de su apartamento del Condado y, por no tener amigas, terminó deambulando por las calles. Una noche fue atropellada por un automóvil y murió en el Centro Médico. Nadie reclamó ni identificó su cadáver, y fue enterrada como Jane Doe.

EL HOMBRE QUE SE NEGÓ A SER FELIZ

El día 24 de mayo de 1961, llegó a San Juan, Puerto Rico desde la República Dominicana, un hombre que todavía no tenía 30 años. Era muy bien parecido. Se llamaba Rafael Eligio Mercado Ruiz. No portaba equipaje alguno, solo la ropa que llevaba puesta, y dos cartas de recomendación. Se alojó en una casa de hospedaje en la avenida Ponce de León esquina calle Culto, en la Parada 22 de Santurce.

Al día siguiente, en horas de la mañana, visitó una tienda exclusiva dedicada a la venta de zapatos, localizada en la avenida Ponce de León, solicitó ver al dueño y le entregó una de las cartas de recomendación. De inmediato fue contratado como un nuevo empleado de la tienda.

Le hizo saber al propietario de la tienda cuáles habían sido las circunstancias de su viaje a Puerto Rico, que ya eran conocidas en el país, y se le pagó una semana de sueldo anticipado, para que pudiera comprar ropa y para que pudiera comer.

Al otro día, a pesar de no tener experiencia en ventas ni haber recibido entrenamiento alguno, resultó ser un tremendo vendedor Pero de inmediato se ganó la enemistad de casi todos sus compañeros, porque aunque tenía mucho talento, se creía superior a todo el mundo, y ¡todavía no llevaba una semana en Puerto Rico!

Con todos sus defectos, el patrono estaba muy contento con Rafael Eligio. Todos los clientes estaban deseosos de que los atendiera el nuevo vendedor, y todos terminaban comprando zapatos, pues era un artífice de la adulación. Se le abrieron las puertas de tal manera, que se le hizo fácil

legalizar su estatus de residente permanente en los Estados
Unidos, y se le sobraban las muchachas, de todas las edades
y colores...

Habían pasado seis meses desde la llegada de Rafael, y ya
estaba viviendo en un apartamento cómodo y había adquirido
un automóvil.

Para las Navidades de 1961, las tiendas en el área de
teatros (cines) de la avenida Ponce de León, eran visitadas
por clientes de toda el Área Metropolitana, para efectuar sus
compras personales y adquirir regalos.

Un cliente en particular llegó a la tienda de zapatos, y
cuando vio a Rafael, ¡trató de agredirlo! Los compañeros de
trabajo tuvieron que protegerlo; al extremo, de que fue
necesario llamar a la Policía. Cuando los policías sacaron al
agresor de la tienda, éste le gritaba a Rafael, "¡Trujillista!
¡Asesino!" y lo maldecía, con toda clase de malas palabras.

Algunas personas que estaban en la tienda, que conocían
al hombre que provocó el incidente, decían que era un

dominicano exilado, enemigo del régimen trujillista. Trujillo había ordenado matar a sus tres hermanas, y él no murió también porque salió de forma clandestina, y estaba trabajando en un periódico de San Juan, Puerto Rico.

En el periódico del lunes siguiente, ese periodista, de nombre David Rojas Guzmán, publicó una columna sobre el incidente, en el cual declaraba que "las sabandijas de la dictadura" (refiriéndose a Rafael), "temiendo por sus vidas, por las atrocidades cometidas, salieron a toda prisa, con la ropa que tenían puesta solamente, porque sabían que el pueblo haría justicia."

Luego de este suceso, y la noticia difundida por el periódico, el propietario de la tienda de calzado se vio obligado a despedir a Rafael. Éste había sido identificado como una rata… Pero Rafael tenía otra carta de recomendación, de una persona que, había sido enemigo del régimen trujillista y fue encarcelado cuando se negó a darle una participación al Presidente en sus empresas. Sin

embargo, por la intercesión de Rafael, no llegaron a matarlo.
Este señor, de nombre Vicente Assad, y su esposa, doña
Teresa, estaban muy agradecidos de Rafael, y se sentían
comprometidos con él. Ellos fueron los que le consiguieron
un pasaje para salir de la República Dominicana hacia Puerto
Rico, inmediatamente que murió el dictador.

Con esa segunda carta de recomendación, se presentó
Rafael en los Almacenes Antillas, una compañía importadora
y representante de fábricas de muebles y enseres
electrodomésticos. El almacén quedaba en las afueras de la
ciudad, en un lugar que no estaba muy poblado. Todo lo que
había en el área era almacenes y fábricas. Era muy poco
probable que pudiera ser identificado o que alguna persona
tratara de matarlo.

Como en el trabajo anterior, se ganó la confianza y la
admiración del jefe, don Fulgencio Más, pero también se
ganó el desprecio, la enemistad, y la antipatía de sus
compañeros. El jefe era muy duro de corazón, y tenía mucho

rencor con los empleados, ya que éstos establecieron una unión, y eso, para el jefe, era imperdonable.

Al cabo de dos o tres semanas, Rafael se iba con el jefe a almorzar, y llegaban a las dos de la tarde. El jefe tenía una amiguita, y Rafael se convirtió en su confidente y mensajero. Ya no era un empleado común. El jefe lo mandaba a la floristería, al banco, o a cualquier otra gestión que no quería fuese conocida.

Como un premio a su lealtad, al cabo de un año, el jefe le dio el puesto de vendedor para los pueblos de la isla, y fue un tremendo éxito. Las ventas aumentaron un 100%. Trajo nuevos clientes. El jefe, a parte de las comisiones, lo galardonó con un automóvil nuevo. Rafael fue empleado de los Almacenes Antillas por los próximos 30 años.

Rafael no hacía vida social. Solo se comunicaba con los que, como él, habían vivido "La Era Gloriosa" del régimen trujillista. También acostumbraba a visitar algunos negocios de comida y bebida en barrios y pobres, donde la gente no estaba pendiente da nada, y le gustaba pagar comida y dar propinas excesivas. Esto lo hacía ante esta gente pobre, para sentirse como una persona importante. A sus compatriotas los despreciaba, y decía que eran "dominicanos de cuarta clase".

Don Vicente Assad, autor de la segunda carta de recomendación, fue invitado por don Fulgencio Más, presidente de Almacenes Antillas, a la boda de su hijo en Puerto Rico. El Sr. Assad aceptó la invitación y viajo a Puerto Rico con su esposa. Durante los festejos, don Vicente se enteró de los logros de Rafael y de lo bien que estaba funcionando todo en su trabajo en Almacenes Antillas, por lo cual le propuso a Rafael que regresara a la República Dominicana y se hiciera cargo de una de sus empresas, pero su respuesta fue un no rotundo, porque sabía que, si regresaba, podrían matarlo.

Rafael comenzó a visitar una barra en la Parada 15 de Santurce. Se comportaba muy espléndidamente, siendo generoso y dadivoso, pagándole tragos a todos los presentes. Sirviendo los tragos estaba Elena, una muchacha dominicana a quien todos los clientes miraban por lo guapa que era. Sin embargo, a pesar del trabajo que desempeñaba, era una mujer muy seria. No salía con nadie, y como madre soltera, se dedicaba a cuidar a su hija adolescente y a su niño de 6 años.

Rafael comenzó a llevarle regalos, a decirle cosas muy bonitas, y a prometerle un futuro para sus dos hijos. Ella aceptó, y comenzaron una relación, pero, una vez comenzaron a vivir juntos, Rafael se volvió un tirano. Era una persona tan insegura, que convirtió la vida de Elena en un infierno. Le prohibió trabajar fuera de la casa. La celaba de todo, no confiaba en ella en lo absoluto. La llamaba por teléfono cada quince o veinte minutos para cerciorarse de que estaba en el apartamento, el cual se convirtió en una cárcel, porque cuando se iba, la dejaba encerrada sin llaves. Decía que, como la sacó de una barra, no era una buena mujer, y por lo tanto, no se podía casar con ella. En un descuido momentáneo, Elena se escapó del apartamento y viajó con sus hijos a Nueva York, a casa de su hermana. Rafael la fue a buscar, llorando como un niño. Aceptó que él era el responsable de todos los problemas, y que iba a cambiar. Hubo una reconciliación entre ellos, pero tan pronto Elena regresó, él se puso más violento, agresivo, y desconfiado que antes…

Una de las condiciones que puso Elena para regresar fue que la dejara asistir a la Iglesia Metodista que quedaba cerca del apartamento donde vivían. Esta fue la única condición que cumplió Rafael, pero él la llevaba y la recogía con un semblante de perro rabioso. Comenzó a celarla del ministro y de todos los hombres que asistían a la iglesia. Una vez más, Elena preparó su escape, se fue para Nueva York con sus hijos, y a pesar de todas las artimañas y ofrecimientos de Rafael, no regresó. Elena le dio su vida al Señor Jesucristo, y hasta el día de hoy, permanece en la fe.

La situación como la que pasó Elena se repitió muchas veces. En todas las relaciones entre Rafael y sus conquistas eran frecuentes. Tuvo la oportunidad de ser feliz con mujeres profesionales, de buena familia, etc. Todo comenzaba muy bien, porque las deslumbraba con palabras bonitas, era bien parecido, y vestía muy bien. Pero una vez comenzaba la etapa de convivir, la intimidad, y el compartir como pareja, aparentemente Rafael se sentía amenazado, y convertía la relación en una competencia de quién es más gente, el más duro de corazón, o el más violento.

Cuando ya tenía 65 años, en una conversación con un primo que tenía, Rafael comentó que estaba muy solo, y ese primo le dio el número telefónico de una hermana de la esposa que era soltera, para que la llamara en sus momentos de soledad. Rafael la llamó, y comenzó la amistad. La muchacha, quien tenía 19 años, se llamaba Xiomara Olivo. Todas las noches, Rafael la llamaba, y conversaban hasta por la madrugada, comenzando así una relación sentimental.

Xiomara le envió una fotografía en la cual se veía muy bonita, y él se la mostró a todo el que podía.

Dos meses más tarde, Rafael viajó a Haina, República Dominicana, y se casaron. Luego de la boda comenzó el trámite migratorio, y 6 meses más tarde la joven llegó a Puerto Rico. Rafael vivía en una apartamento pequeño, que solo consistía de un dormitorio, cocina, sala, y un baño. Comenzó a tratar a la joven de una forma inhumana. Se convirtió en un tirano desde el mismo día que llegó. La celaba y le insinuaba que ella tenía otro hombre en su país. Cuando Rafael se iba a trabajar ponía un candado en la reja para que ella no pudiera salir, siempre le ponía faltas a la comida que cocinaba, y la insultaba, diciendo que no sabía cocinar. Cuando la familia de Xiomara llamaba para saber cómo estaba, ella decía que todo le iba bien, porque él estaba al frente de ella, oyendo todo lo que decía. No podía revelar el infierno en que estaba metida. Se pasaba todo el día llorando.

Una vecina se compadeció de ella y llamó a la Oficina de la Procuradora de las Mujeres. La Procuraduría envió a una investigadora a la residencia y tuvo que entrevistar a la joven desde la acera, porque con el candado en la reja no podía entrar. Xiomara le contó su situación, y la investigadora fue al tribunal para solicitar una Orden de Protección. Citaron a Rafael para el día siguiente, y en la vista ante el juez, aunque fue representado por un abogado, no pudo alegar nada en su defensa. El juez barrió el piso con Rafael, ordenó que la joven fuera llevada al refugio para mujeres maltratadas, expidió una Orden de Protección contra Rafael, y amenazó con ingresarlo a la cárcel si volvía a acercarse a Xiomara.

Luego de esto, por primera vez en dos meses, Xiomara pudo hablar libremente con sus padres para contarle su odisea. Al día siguiente, sus padres viajaron a Puerto Rico y se regresaron a la República Dominicana con ella. Con muchísimo coraje, Rafael radicó la demanda de divorcio, cosa que no tuvo ninguna consecuencia para Xiomara, que lo único que quería era despertar de aquella pesadilla...

Como consecuencia de sus problemas personales y continuas ausencias, el rendimiento de Rafael en su trabajo disminuyó grandemente. Ya el dinero que recibía en comisiones era mucho menor, y no se podía seguir dando la buena vida a la que antes estaba acostumbrado. El Sr. Assad y su esposa habían fallecido.

Para colmo, en Almacenes Antillas ocurrieron cambios que terminaron con el estatus privilegiado de Rafael, en todo el sentido de la palabra. Don Fulgencio Más, el presidente de la corporación, se enfermó, y el control de la empresa pasó a manos de su hijo Gustavo, con quien Rafael ya había tenido algunos altercados, en los cuales prevaleció, por ser el confidente de don Fulgencio. Gustavo estaba al tanto de cómo Rafael trataba a sus compañeros de trabajo, y decidió que había llegado la hora de rectificar las cosas. Todo el trato preferente terminó. Se acabó la costumbre de pedir dinero por adelantado, salir a almorzar con el jefe y llegar por la tarde… Ahora Rafael tenía que rendir cuentas de todo lo que hacía relacionado con su empleo.

Gustavo Más, sin embargo, no era un buen administrador. Era el hijo de un hombre rico y lo que sabía era gastar dinero y darse buena vida, por lo que comenzó a quedar mal con los suplidores de los Estados Unidos. La empresa Almacenes Antillas, después de 50 años de operación comercial exitosa, se fue a la quiebra, y posteriormente, dejó de existir.

Por su actitud y su forma de tratar a las personas, Rafael se daba el gusto de tener muchos más enemigos que amigos. Ya sus colegas, de la vieja guardia de los tiempos de Trujillo, que vivían en Puerto Rico, se habían muerto, y en la República Dominicana, quedaban muchos que lo odiaban…

Sin dinero, sin familia, y solo, Rafael optó por darle fin a su viaje terrenal. Q.E.P.D.

DIÓGENES, EL BRUJO

Para principios de los años '50, había en Cuba un joven taxista, con una voz de trueno, que se llamaba Diógenes Salazar. Era muy popular porque cantaba muy bien, aunque nunca el canto fue su profesión.

Nació en el seno de una familia cuyos antepasados trajeron a Cuba el culto a Ochún, Changó, Yemayá, y otras deidades de la religión yoruba. Diógenes era un adepto consumado, y conocía todos los rituales, reglas, y procedimientos, desde la A hasta la Z. Tenía mucho talento para tocar los tambores, y era de los más solicitados cuando había alguna celebración, ya fuera en un hogar humilde o en una mansión de un jefe de gobierno o empresario millonario.

Diógenes siempre había anhelado emigrar a Nueva York, como habían hecho muchos de sus amigos, principalmente los que eran buenos músicos.

Una noche, una turista abordó el taxi de Diógenes, y le pidió que la llevara al Malecón. Cuando llegaron al Malecón, la señora bajó del taxi, le pagó, y apuntó el teléfono de la compañía de taxis.

Al otro día, la señora llamó a la compañía de taxis para pedir sus servicios, pero especificó que quería al taxista de la gorra blanca, describiendo así a Diógenes. La turista se llamaba Betsy Wilson, era residente de Camden, Nueva Jersey. Su conocimiento del idioma español era limitado, y Diógenes no sabía ni papa de inglés.

Durante los años '50, en Estados Unidos se conocía muy poco sobre la Santería.[14]. Él la llevó a un toque tambor que

---

[14] Se refiere a la evolución religiosa que resultó de la unión de la religión yoruba con el catolicismo romano, a partir de la trata de esclavos de

le estaban ofreciendo a Yemayá, y allí Diógenes era la persona más importante, tocando los tambores y cantando. Betsy se sintió muy bien y estaba orgullosa de estar con Diógenes en aquel lugar.

Cuando terminó la fiesta, camino al hotel Betsy le pidió a Diógenes que la llevara a un restaurant. Al llegar, ella lo invitó a cenar, y luego la llevó al hotel.

Betsy era una morena americana, de alrededor de 40 años de edad, de casi 6 pies de estatura, corpulenta, con el cabello corto, y de un carácter dominante. En aquel entonces, Diógenes tenía 28 años, y de un carácter hiperactivo y jocoso.

Terminaron las vacaciones de Betsy, y regresó a Nueva Jersey porque tenía que volver a su empleo, pero comenzó a llamar por teléfono a Diógenes todas las noches, y él vio la oportunidad de emigrar a los Estados Unidos.

Nigeria en el Caribe, y no a la talla de esculturas de santos. Para más información sobre esta religión acceda:
https://es.wikipedia.org/wiki/Santer%C3%ADa

En el próximo viaje de Betsy a Cuba, su amistad con Diógenes se estrechó a tal extremo, que todo el tiempo que duró su viaje, estuvieron juntos. Betsy sufría de diabetes y asma, y su interés primordial era ayudar a aquel joven cubano alegre y vivaracho a viajar a los Estados Unidos. Así que, antes de regresar a los Estados Unidos, Betsy se casó con Diógenes, y de inmediato inició los trámites con el Servicio de Inmigración para pedirlo como esposo de una ciudadana de los Estados Unidos. En enero de 1958, Diógenes pudo viajar al Estado de Nueva Jersey con una visa de residente permanente.[15]

Diógenes no sabía lo que era el invierno. Nunca había estado en el frío. Betsy le consiguió empleo en una carnicería de unos amigos, pero la vida en los EE. UU. era insoportable. No hablaba inglés; no conocía a nadie…

---

[15] Recordarán los lectores y lectoras que el derrocamiento de Fulgencio Batista sucedió en el 1959, y el rompimiento de las relaciones diplomáticas entre los Estados Unidos y Cuba comenzó el 3 de enero de 1961.

Una mañana llegó a la carnicería una señora que se llamaba Valeriana, a quien apodaban Lala. Era puertorriqueña y hablaba muchísimo. No se callaba un solo momento, y cuando Diógenes la vio, ¡fue como si se hubiera sacado el premio de la loto!

Lala era mucama en la casa de una familia italiana y vivía en el barrio hispano. Muchos de los vecinos eran puertorriqueños, y Diógenes ya podía ambular sin problemas, porque para el mes de mayo, ya había terminado el frío. La condición de diabetes de Betsy había empeorado. Fue necesario amputarle una pierna, y su familia se la llevó para Chicago. Diógenes pudo conseguir un apartamento en el barrio, y un nuevo empleo en una lavandería, donde todo el mundo hablaba español.

Lala y su familia decidieron mudarse al Bronx, y Diógenes se fue con ellos. Allá consiguió trabajo en otra lavandería, donde también había una sastrería. Ese lugar era frecuentado por los músicos. Los fines de semana, Diógenes visitaba los "night clubs".[16] Se había adaptado a la vida que se vive en Nueva York. Volvió a ser el mismo Diógenes de La Habana. Todo el barrio sabía quién era, y no había una sola fiesta en la que él no estuviera presente. Llegó la Navidad de 1958, y ya el frío no le molestaba. ¡Lo pasaba muy bien!

Para el 1959 comenzó a llegar a Nueva York, principalmente al área del Bronx, una gran cantidad de familias cubanas, que con la llegada de Fidel Castro al poder, no querían permanecer en Cuba. Entre los exiliados había una gran cantidad de creyentes de la religión yoruba. La santería llegó a Nueva York para quedarse. Había padrinos y madrinas. El Bronx era visitado por mucha gente que pensaba que todos sus problemas se podían resolver a través del rendirle tributo a tal o cual "santo". La gente pagaba grandes cantidades de dinero para "hacerse santo".[17] En Nueva York había de todo y no era necesario viajar a Cuba.

---

[16] Clubes nocturnos.
[17] La ceremonia de coronación de santo y convierte al iniciado en

Como nació y se crió en la santería, Diógenes sabía bastante, y fue de los primeros que empezó a vivir, (y a vivir muy bien), de la religión. Él sabía hacer collares, sabía hacer herramientas, fabricaba los tambores para tocar en las ceremonias, les enseño a los muchachos del barrio a tocar los tambores Batá, y viajaba a Miami, Chicago, California, a Puerto Rico, y a cualquier otro sitio donde solicitaran sus servicios. En los años '60 era la persona con quien había que contar para que cualquier reunión o actividad tuviera éxito. Sin embargo, no se sabe por qué razón, si Diógenes ganaba tanto dinero, siempre estaba necesitado, y no dejaba de trabajar.

Para el 1969 llegó al Bronx una muchacha de Ponce, Puerto Rico, que se llamaba Lydia Jiménez. Era una joven blanca, muy tímida, pero le gustó mucho todo lo que Diógenes hacía, sus cualidades de líder, un hombre que

---

santero o santera.

todos, (políticos, artistas…), buscaban. Comenzaron una relación sentimental.

Llegó el momento que comenzó una rivalidad entre los santeros. Empezaron a pelear entre ellos mismos, a tirarse brujerías de parte y parte, y las cosas empeoraron para todos.

Los santeros más solicitados por el público en Nueva York eran Diógenes y Nando Carmona, entre quienes existía una gran enemistad. Una vez se enfrentaron cara a cara, a pleno mediodía, en presencia de todos los que estaban en dicho lugar. Se insultaron, se maldijeron, y se amenazaron mutuamente con destruirse ellos, sus bienes, y sus familias.

Esa noche, la casa de Nando se incendió, y se quemó hasta quedar hecha cenizas. Nando Carmona, su esposa, y sus hijos se salvaron de milagro. Al otro día, la gente hacía fila para que Diógenes les hiciera trabajos de brujería para acabar con sus enemigos.

Con estos malos ejemplos y tanta enemistad, la religión comenzó a perder seguidores. Los santeros viejos que llegaron de Cuba empezaron a morir y ya no era lo que antes había sido.

Diógenes se casó con Lydia, compraron una casa en Toa Baja, Puerto Rico. Lydia se convirtió en santera, y comenzó a adquirir ahijados. Todo empezó muy bien, con mucho negocio, sin competencia. En la parcela donde vivían criaban chivos, guineas y gallinas para las ofrendas a los santos. Diógenes hacía herramientas de hierro colado para las ceremonias, pero por alguna razón seguía con el agravante de estar corto de dinero, no obstante las muchas personas en Puerto Rico que optaban por hacerse santo.

Diógenes tenía unos ahijados en Caracas, Venezuela, y se veía precisado a viajar a Venezuela, cuando ellos se lo pedían. Regresaba a Puerto Rico con mucho dinero, pero siempre estaba necesitado…

Tenía Diógenes un ahijado en Puerto Rico, de nombre Benito Sierra. Éste era un hombre joven, de más o menos 30 años de edad, grifo[18], de una barriada pobre de Río Piedras, quien no conoció a su papá. Sin embargo, él era el que movía el barrio, el benefactor que resolvía cualquier clase de problema. Era visitado por músicos, artistas, y atletas; sobre todo, cuando las cosas se les ponían malas.

Benito hizo una tremenda relación con Diógenes. Decía que era su papá. Éstos fueron los mejores años de la vida de Diógenes. Durante los años '80 y principios de los '90, viajaban a Las Vegas a todas las peleas de campeonato. Estos viajes eran en vuelos de primera clase, en limosina del aeropuerto al hotel, (casi siempre Caesar's Palace), y por supuesto, los asientos en "ringside"[19]. En Las Vegas, Benito le entregaba a Diógenes un paquetito de billetes de $100.00 dólares para que se fuera a jugar al casino, mientras era visitado por las féminas, que ya lo conocían. Había días que recibía a cinco chicas distintas…

Llegó el día en que Benito se vio obligado a darles cuenta a los agentes federales de sus actividades. Como lo relataron

---

[18] Trigueño claro, con pelo "kinky".
[19] Asientos de primera fila.

los medios noticiosos, Benito era líder de una de las organizaciones más grandes en el tráfico de drogas, y tenía una fortuna de más de 10 millones de dólares en propiedades inmuebles, automóviles de lujo, y dinero en la calle. Hallado culpable, Benito fue sentenciado a pasar el resto de su vida en la cárcel.

A raíz de estos hechos delictivos, Diógenes fue visitado por agentes del DEA[20] y citado a comparecer ante la fiscalía federal. Diógenes, aunque no tenía mucha preparación académica, tenía un doctorado *summa cum laude*, de la Universidad de la Vida, contrató y fue representado por un abogado especializado en este tipo de casos.

El abogado le prohibió terminantemente que abriera la boca; instrucciones que Diógenes siguió al pie de la letra. El propósito de la cita era saber por qué, entre las propiedades que le fueron confiscadas a Benito, había una fina en Río Grande en que Diógenes figuraba como propietario. Los

---

[20] Drug Enforcement Agency, por sus siglas en inglés; Agencia del Control de Drogas

federales tenían la escritura, y le dieron a leer el documento.
Diógenes no se acordaba de nada, ni de fecha, ni del nombre
del notario. Le hicieron muchas preguntas sobre la santería, y
dijo que no sabía nada de eso. Se le tomó una declaración, la
cual firmó, y no lo volvieron a citar.

A partir de este mal rato, y por el consejo de su abogado,
Diógenes comenzó a retirarse de su profesión de santero, ya
que casi todos los que podían pagar billetes grandes estaban
en el ambiente de las drogas, y podía ser que la próxima vez
no tuviera la misma suerte…

Al cabo de 15 años de matrimonio, Diógenes y Lydia
terminaron, y cada uno tomó su camino. Lydia se quedó con
la parcela de Toa Baja. Diógenes le regaló los tambores a un
museo y se apartó totalmente de la santería y de todos sus
seguidores. Consiguió un apartamento en un hogar de
envejecientes en Cupey. Ha hecho mucha amistad con las
señoras mayores del hogar, juega bingo todos los días. Van a
la iglesia los miércoles por la noche, y los domingos la

iglesia tiene también un servicio en el hogar. Ahora Diógenes

no dice "aché". Dice ¡amén!

EL LICENCIADO DON ELPIDIO

Don Elpidio López Fernández fue un abogado que estudió Derecho por correspondencia en la Universidad de La Salle. Era un hombre de aproximadamente cinco pies con tres pulgadas de estatura, hijo único de doña Felícita Fernández y don Cristino López, quien era de tez trigueña, no muy oscura de color; un matrimonio humilde que vivía en extremada pobreza.

Una vez Elpidio fue admitido a la profesión legal, se convirtió en un pavo real, ya que tenía un talento sobrenatural para el arte de la oratoria y para escribir discursos. Una vez los políticos de la época se enteraron de la habilidad y el talento de don Elpidio, se le sobraba el trabajo de escribir discursos, no importando la afiliación política de quién solicitara sus servicios.

A don Elpidio le fascinaban las mujeres de tez blanca y pelo rubio, y muchas veces se lamentaba de ser negro. Sobre todo, sus amigos, las personas con quienes se relacionaba, tenían que ser blancos.

Con estos antecedentes, al momento de encontrar pareja, se dio a la tarea de enamorar a una jibarita que había venido a trabajar a San Juan, de nombre Virgen Colón, conocida por todos los vecinos como doña Virgen. Era una mujer hermosísima, rubia, y de ojos azules, quien sucumbió a la embestida de palabras, frases, y elogios de don Elpidio; palabras que nunca había escuchado antes, pero que, luego de su matrimonio, nunca faltaron en su vida. Podía faltar alimento o cualquier otra necesidad básica, pero nunca los elogios y poemas de un hombre enamorado.

En el matrimonio del licenciado Elpidio López y doña Virginia Colón se procrearon cuatro hijos, que nombraron: Marcos, Efraín, Agustín y Miguel. El núcleo familiar se componía de ocho bocas que alimentar, incluyendo a los padres de Elpidio, don Cristino y doña Felícita. El único ingreso para mantener la familia era producto de la labor de don Elpidio. El trabajo de sus padres consistía en llevar a cabo todas las tareas del hogar, atender a los niños desde que llegaban a este mundo, llevarlos a la escuela… Doña Felícita era la que cocinaba y Elpidio se jactaba de lo buena cocinera que era su mamá, y con mucha frecuencia tenía invitados para disfrutar de la cena. Estos invitados eran amigos y compañeros de la profesión, y los amigos de sus hijos que ya eran mayorcitos junto con los padres de éstos.

A medida que los hijos fueron creciendo, comenzaron los problemas económicos. Elpidio siempre quiso que su hijo mayor, Marcos, estudiara medicina, y cuando éste terminó la

Escuela Superior, lo mandó a España, con la idea de que su hijo regresara a Puerto Rico hecho todo un galeno.

Sus retoños Efraín y Agustín eran tremendos anfitriones. La casa de don Elpidio era un lugar donde siempre había invitados de sus hijos, entre los cuales había peloteros, artistas de las novelas de radio, músicos de las mejores orquestas de la época… Sí, los muchachos eran excelentes anfitriones, pero eran alérgicos al trabajo. Todo era culpa de don Elpidio, quien creía que con su ingreso podía resolver todos los problemas de sus hijos.

Marcos ya llevaba cuatro años en España, y ya tenía cuatro hijos con su esposa. Cada día pedía más dinero, el cual se le enviaba, ipso facto. Y así fue que comenzaron las dificultades económicas de don Elpidio y los malabares que hacía para mantener su estatus de licenciado. Tanto alarde, y a fin de cuentas, la casa donde vivían era alquilada, y don Elpidio siempre tenía dos o tres meses de atraso en el pago de la renta. Estas maniobras eran conocidas por todo el barrio y en su trabajo, y eran motivo de risa, aún después de su fallecimiento y el de sus hijos.

Elpidio no tenía automóvil y no sabía manejar, pero él se las inventaba de forma tal que siempre había un carro con chofer disponible para llevarlo en la mañana a Puerta de Tierra, donde estaba la oficina donde trabajaba, y por la tarde, siempre había un alma buena que lo trajera hasta la puerta de su casa, siempre con su saco y corbata, zapatos bien brillados, y su pelo bien peinado con brillantina.

Cuentan que para los años '40 hasta los '60, toda la actividad portuaria estaba en Puerta de Tierra. Ese era el único lugar en Puerto Rico adonde llegaban los barcos de carga y de pasajeros. En el muelle había cientos de estibadores y trabajadores de los barcos. Como consecuencia de esta actividad, había muchas fondas que al mediodía se llenaban de los llamados "muelleros[21]", y por setenta y cinco centavos una persona podía almorzar bien. El menú no estaba

---

[21] Trabajadores de los muelles.

escrito sino que la persona le decía al mozo lo que deseaba comer, y el mozo se lo anunciaba al cocinero desde el salón comedor en voz alta. Aquellos que llegaron a comer en la fonda El Obrero de Río Piedras, principalmente al mediodía, entenderán bien de qué estamos hablando.

Entre las concesiones que hacía la fonda estaba el "arroz a caballo". Este plato consistía de arroz blanco con un huevo frito encima. Otra concesión era el arroz con salsa de carne. Estos platos se ofrecían a un precio reducido.

Debido a su situación económica, don Elpidio era un cliente puntual en estas fondas donde comían los muelleros, principalmente a la hora del almuerzo. Su plato acostumbrado era el arroz con salsa de carne, que solo costaba cuarenta y cinco centavos.

En cierta ocasión, don Elpidio llegó a la fonda al mediodía y estaba totalmente repleta de comensales. Al verlo, el mozo anunció en voz alta, "¡Arroz con salsa de carne para el Licenciado!" Todos los que estaban comiendo pusieron sus ojos en el único licenciado que se hallaba en la fonda, y entonces el asunto pasó a ser de general conocimiento público…

Después que terminó de comer, don Elpidio llamó al mozo a una esquina y le instruyó que para la próxima vez que él regresara a la fonda, le dijera al cocinero: "Lo mismo de ayer para el Licenciado", y afortunadamente, desde entonces, el mozo siguió sus instrucciones, pero ya el daño estaba hecho...

En otra ocasión, don Elpidio acudió un poco nervioso al colmado que estaba a la esquina de su casa, y le dijo al dueño que tenía visita en su casa, que no tenía nada que darles y que no tenía dinero. Entonces, se quitó el reloj, dándoselo en prenda al dueño del colmado, a cambio de un litro de ron Don Q y seis Coca Colas. El dueño del colmado accedió, quedándose con el reloj.

Transcurrió más o menos un mes, y don Elpidio no le pagaba el dinero. Entonces, el dueño del colmado le envió un aviso de cobro. Don Elpidio acudió de inmediato al colmado con el dinero que debía. Le pidió al dueño del colmado que le devolviera su reloj. Cuando recibió el reloj, ¡formó un berrinche porque el reloj que él dejó en prenda era nuevecito, y el que le estaban entregando era una porquería! Amenazó con demandar, y el dueño del colmado se quedó sin el reloj y sin el dinero que se le debía, con tal de evitar un pleito.

Llegó la guerra de Corea, y sus hijos Efraín y Agustín fueron llamados al servicio militar obligatorio. Don Elpidio corrió de la Ceca a la Meca, movió cielo y tierra, y hasta acudió al Obispo de la Iglesia Católica, para impedir que el ejército se llevara a sus hijos, no sabiendo que la experiencia les serviría para convertirse en hombres de bien. Sus gestiones no tuvieron éxito, y cuando se fueron Efraín y Agustín, se acabaron definitivamente las fiestas y los homenajes a los amigos famosos. Cuando Efraín y Agustín regresaron del ejército, se casaron con sus respectivas novias.

Como veteranos de guerra, cada uno compró su propia casa y se dedicaron a trabajar y a criar a sus hijos.

Marcos llegó de España con su esposa española, sus ahora seis hijos, y su diploma de médico, al cabo de quince años.

Ya los padres de don Elpidio habían fallecido, su hijo Miguel terminó sus estudios en la facultad de derecho de la Universidad de Puerto Rico y se convirtió en un abogado muy exitoso. Resultó ser un bueno hijo y se hizo cargo de don Elpidio y doña Virgen hasta que éstos se fueron a morar con el Señor.

LAS HIJAS DE DOÑA RUFINA

Para el 1934, en la Parada 20 de Santurce, había una casa que hacía esquina con la calle Principal. Esta era la casa más elegante del barrio, y estaba ocupada por un matrimonio y sus dos hijos adolescentes. El esposo, don Salvador Pérez, era administrador de una tienda de ropa para caballeros en el Viejo San Juan. La esposa, llamada Mónica Pérez, conocida por todos como Mrs. Pérez, era maestra en una escuela que quedaba a poca distancia de su residencia. El resto del núcleo familiar se componía de sus dos hijos. El mayor se llamaba Marcelino, y Víctor el más pequeño. La casa de "Los Pérez" era la única casa que tenía una sirvienta. Era una mujer joven, de nombre Justina, quien hacía todas las tareas de la casa.

Estando solo en la casa, Marcelino comenzó una relación con Justina, quedando ésta embarazada. Cuando ya se le notaba la barriga, los padres de Marcelino no se podían imaginar que la criatura que llevaba Justina en su vientre tenía sangre de "Los Pérez".

Cuando el Sr. y la Sra. Pérez se enteraron de lo que estaba pasando, echaron a la criada a la calle faltando menos de dos meses para dar a luz. Justina se fue muy triste. Cuando dio a luz una niña, fue a la casa de "Los Pérez" para que la ayudaran para la manutención de la criatura. Pero ellos la insultaron, y le dijeron que no se atreviera a volver por allí.

En esa misma calle había una casa en la que vivían sus dueños, don Felipe Cortés y su esposa doña Rufina. Don Felipe y doña Rufina llevaban muchos años de casados. Tuvieron un hijo que murió pocos meses después de su nacimiento. Eran dueños de un pequeño colmado que ambos trabajaban, y regresaban a su casa todos los días a las seis de la tarde, y solo tenían libre el domingo. Hasta allí llegó Justina con su niña recién nacida, llorando desconsoladamente, y le dijo a doña Rufina que tenía hambre y que no tenía techo para la bebé. Doña Rufina le dio comida y dinero, y Justina se fue con la niña después de darle las gracias y echarle muchas bendiciones.

Varios días más tarde, volvió Justina con su nena, y le pidió a doña Rufina que la cogiera para ella, porque vivía en un cuarto muy pequeño donde había ratas, ratones, y toda clase de sabandijas. No podía irse a trabajar dejando la niñita sola en ese lugar. Doña Rufina le contestó que lo iba a pensar, y también tendría que hablar con su esposo.

Doña Rufina era una mujer emprendedora; una gran comerciante. Provenía de una familia numerosa, y era la más querida y respetada por todos sus hermanos. Era una persona muy humana. Cuando llegaba el momento de hacer la caridad, ella siempre estaba dispuesta. Era muy compasiva.

Habló con su esposo, don Felipe, y éste estuvo de acuerdo. Al otro día, doña Rufina salió de compras, y llegó a la casa con todo lo que necesitaba una bebé de un mes de nacida. Ese domingo Justina llegó con la nena, que estaba vestida con un trajecito gastado, que no olía bien. Le entregó la niña a Rufina sin demostrar emotividad alguna. No lloró. No demostró sufrimiento alguno al desprenderse de su hija. Simplemente dio la espalda, y jamás volvió a preguntar cómo estaba la niña.

Doña Rufina y don Felipe inscribieron a la menor como su hija en el Registro Demográfico, y la niña terminó con la amargura de muchos años de una madre que había perdido su único hijo. Le pusieron por nombre Carmen Laura.

"Los Pérez" nunca procuraron a la menor. Mrs. Pérez fue nombrada principal en un colegio católico en Hato Rey. La familia Pérez se mudó a la Urbanización Baldrich, y no se supo más de ellos.

Doña Rufina y don Felipe contrataron una niñera para que se hiciera cargo de la menor mientras ellos estuvieran trabajando en el colmado. La niña se estaba criando como una riquita que tenía todo, y la tenían bien consentida. Doña Rufina fue bendecida por su gesto humanitario, y su negocio empezó a progresar. Fue necesario ampliar el colmado y contratar dos empleados para ayudar a atenderlo.

Habían pasado tres años, cuando un día, Rufina fue visitada por un hombre mal vestido, desaliñado, sin afeitar por mucho tiempo. El visitante le dijo que venía de parte de Justina, quien estaba tuberculosa y al borde de la muerte, y quien quería verla antes de morir. El hombre le dijo la dirección donde vivía Justina, y se fue.

Rufina no tenía idea dónde era el sitio, ni sabía cómo llegar. Habló con uno de los empleados que tenía en el colmado, y éste la llevó al lugar. Era un callejón en la barriada Cantera. No había acera y la calle no estaba asfaltada. En la última casucha, casi donde comenzaba el caño que desemboca en la laguna San José, en el último cuarto de esa casa, estaba Justina, acostada en un camastro viejo. Se notaba que le quedaban pocos días para vivir.

Al lado del camastro había una nena de aproximadamente 4 años de edad, con la cara sucia, y vistiendo un trajecito que parecía haber tenido puesto hacía un mes. Era una escena deprimente. Cualquiera que viera esa situación no podría hacer otra cosa que llorar. Se notaba que la nena estaba desnutrida.

En susurros y con gran esfuerzo, Justina le dijo a Rufina que la nena se llamaba Daisy, y le rogó que se la llevara. Rufina, con la sensibilidad que tenía, comenzó a llorar, y sin el consentimiento de su esposo Felipe, tomo a la niña entre sus brazos, y se despidió de Justina. Salió de aquella habitación y llegó a su casa con otra hija.

Después de tantos años que pasaron don Felipe y doña Rufina solos, ahora, de pronto, el núcleo familiar lo componían cuatro personas. Pero doña Rufina estaba más feliz que las niñas.

Carmen Laura era tres años mayor que Daisy. Desde pequeña fue independiente, egoísta, y muy exigente. Daisy era inteligente, muy observadora, y muy apegada a Rufina. Cuando llegó el momento de ir a la escuela, las niñas fueron a estudiar a un colegio católico a poca distancia del colmado. Daisy era muy estudiosa, sus notas eran excelentes. Le gustaba la pintura, el baile, y en todo sobresalía. Pero para Carmen Laura, todo lo que fuera trabajo, estudio, o ayudar en los quehaceres del hogar, no era de su agrado.

Rufina quería que fueran "Girl Scouts"[22], las inscribió en una tropa, y les compró los uniformes. Carmen Laura asistió una sola vez y no quiso volver. A Daisy le encantó y disfrutó al máximo la experiencia. Además, en la escuela, ella

---

[22] Niñas Escuchas.

participaba de todas las actividades. No había que invitarla ni convencerla; se ganaba el cariño de los maestros y sus compañeros estudiantes. Rufina estaba orgullosa de sus hijas. Decía que eran lo mejor que le había pasado.

Las niñas terminaron la escuela superior, y llegaron a la universidad. Había una buena relación entre las niñas y Rufina. Nadie podía imaginarse que eran adoptadas.

Cuando comenzaron a estudiar en la Universidad de Puerto Rico, Carmen Laura comenzó un noviazgo con un estudiante cuatro años mayor que ella, que ya estaba en su último año de ingeniería en el Colegio de Mayagüez[23]. Al terminar el semestre, el muchacho se graduó, fue reclutado para trabajar por una empresa del Estado de Texas y tuvieron una boda sencilla. Carmen Laura no terminó sus estudios. La pareja se trasladó a Texas, donde compraron casa y vivieron 25 años, hasta que el esposo se retiró.

---

[23] Colegio de Agricultura y Artes Mecánicas de Mayagüez, hoy Recinto Universitario de Mayagüez.

Daisy se graduó de la Universidad de Puerto Rico con un bachillerato en contabilidad, y comenzó a trabajar en el Departamento de Hacienda de Puerto Rico.

A don Felipe le detectaron un cáncer en el pulmón. Había sido un fumador de toda la vida. Duró seis meses. Para su fallecimiento, Carmen Laura vino a Puerto Rico, y luego del sepelio, regresó a Texas.

Rufina se hizo cargo del colmado, y siguió adelante. Cuando Daisy terminaba sus clases cada día en la Universidad, la ayudaba. No la dejaba sola, sino que regresaba a cocinar y a dormir, y al otro día seguían así la lucha. Carmen Laura se dedicó cien por ciento a su esposo e hijos. No llamaba por teléfono no escribía. Había que llamarla para saber de ella. Las Navidades, las pasaba con la familia de su esposo. Si viajaban a Puerto Rico, se quedaban con la familia de su esposo también. No iba a visitar a doña Rufina, sino que solo la llamaba por teléfono.

Rufina comenzó a enfrentar problemas de salud. Tenía diabetes y alta presión, y la única persona que la atendía área Daisy, quien faltaba a su trabajo para llevarla al médico. Salía del trabajo, y regresaba a cocinar y a darle sus medicamentos, y a ver que no le faltara nada. A causa de los quebrantos de salud de Rufina, vendieron el colmado, y ella quería darle el dinero de la venta a Daisy. Ésta dijo que no.

Rufina aprovechó una hora que sabía que Daisy no llegaría, y llamó a una amiga de muchos años que era abogada, quien había otorgado el testamento de don Felipe. Le pidió que viniera a verla, y le dijo que quería hacer un testamento. Habló con algunos vecinos, para que sirvieran de testigos, y se otorgó el testamento.

Daisy desconocía que doña Rufina hubiese otorgado un testamento. Un año después, Rufina falleció. Carmen Laura viajó a Puerto Rico con su esposo y uno de sus hijos. Se quedaron en Puerto Rico hasta que se liquidara la herencia.

El caudal hereditario consistía de un edificio, un apartamento, y una cuenta bancaria.

Para sorpresa de todos, en su testamento, Rufina le adjudicó el tercio de libre disposición a aquellos de sus hermanos que quedaban vivos. El tercio de legítima estricta a sus hijas, Daisy y Carmen Laura, en partes iguales. Y a Daisy le adjudicó el tercio de mejora. En otras palabras, a Carmen Laura solo le tocó la mitad de una tercera parte.

Naturalmente, Carmen Laura no estaba conforme, y ella y su esposo contrataron un abogado para demandar a Daisy y a los hermanos de Rufina, alegando que Rufina estaba mentalmente incapacitada al momento de otorgar el testamento, y solicitando su nulidad.

El caso fue a juicio, y Carmen Laura no pudo probar que doña Rufina estuviese incapacitada, por lo que se vio obligada a recibir solamente lo que decía el testamento. Volvió a Texas donde ha vivido por más de 30 años. Jamás volvió a comunicarse con Daisy y los hermanos de Rufina.

LA MUCHACHA DOMINICANA A QUIEN LE QUITARON SU NENE [24]

Teresita Pineda era una joven dominicana, que desesperada por la pobreza en que vivía, decidió emigrar a Puerto Rico de forma ilegal. Debido a su edad y su poca preparación, solo consiguió empleo en casa de una familia acomodada, donde le daban alojamiento, y solo los domingos libres, por un sueldo de hambre.

---

[24] Algunos nombres se han cambiado debido a que varios protagonistas de este crimen son muy conocidos en la política puertorriqueña...

Con mucho esfuerzo, Teresita logró obtener su residencia legal permanente, y a pesar de los muchos obstáculos que le interpusieron sus patronos, viajó a la República Dominicana. Había estado ausente 3 años, sin saber de sus familiares. Luego de estar un mes en su país, regresó a la casa de sus patronos, y un mes después se dio cuenta de que estaba embarazada. Continuó en su trabajo, y cuando llegó el momento de dar a luz, tuvo un varoncito, a quien los patronos le pusieron el nombre de Eduardo. Volvió Teresita a su trabajo con su hijito recién nacido. Ahora, además de las tareas de la casa de sus patronos, tenía sus obligaciones de mamá.

Trabajó dos años más con la familia Márquez, y al ver que el dinero que recibía era tan poco, decidió buscar trabajo en otro lugar. Cuando se fue, la patrona de la casa le dijo que ella le cuidaría al niño, y que Teresita podría tenerlo en sus días libres. Todo comenzó muy bien. Los días libres Teresita los disfrutaba con su niño.

La hermana de Teresita que vivía en Nueva York insistió que viajara allá, pues había muchas oportunidades de trabajo y la paga era excelente. Teresita habló con su antigua patrona y le contó su intención de irse a vivir a Nueva York con su hijo. La ex-jefa le dijo que se fuera sola, y que esperara a estar bien establecida para llevarse al niño, quien ahora tenía 6 años. Teresita, creyendo en la palabra de la señora Márquez, se fue a Nueva York sola, y llamaba por teléfono por lo menos una vez a la semana para hablar con el niño.

Para el mes de julio de 1991, Teresita ya tenía un año viviendo en Nueva York, se había casado, y estaba en condiciones de viajar a Puerto Rico para buscar a su hijo. Llegó a la casa de sus ex-patronos, quienes la recibieron de muy mala gana. El niño no quería quedarse a solas con ella. Era obvio que niño había sido aleccionado…

Quiso salir con el niño a Plaza Las Américas para comprarle ropa, ¡y no le permitieron sacar el niño de la casa! Lo de que el niño no quisiera relacionarse con su mamá fue obra de la señora de la casa. Ella tendría no más de 50 años. Su esposo era un hombre muy mayor, en sus 90 años, y no tenía, ni se le pedía, opinión para nada…

Teresita tuvo que irse a Nueva York por los compromisos de su empleo, además del hecho de que no le quedaba dinero para seguir pagando el hotel. No obstante, estando de regreso en Nueva York siguió llamando a la señora de la casa para que le permitiera hablar con el niño, pero ésta siempre tenía una excusa para no ponerlo al teléfono…

Pasaron dos meses en estas circunstancias, cuando recibió una carta de una vecina en Puerto Rico. ¡La carta decía que se había publicado un edicto en el periódico en el cual Alberto Márquez y su esposa Pura Márquez habían radicado un caso de adopción del niño de Teresita! En el edicto se informaba además, que se desconocía el paradero de Teresita, la madre del menor, y señalaban la fecha de la vista en el Tribunal Superior.

A toda prisa Teresita hizo los arreglos para viajar a Puerto Rico. El día de la vista allí estaban los futuros padres adoptivos con su abogado y el menor, acompañados de tres testigos: un médico, un ex-legislador, y la cuñada de un ex-gobernador… Cuando el niño vio a su mamá, se abrazó a la señora Márquez, comenzó a llorar, y no se atrevió ni a mirar a su mamá. Lloraba cualquiera…

La juez no pudo entrar a discutir los méritos del caso, y le concedió a Teresita 30 días para contratar un abogado, y radicar una oposición formal a la petición de adopción.

Cuando terminó la vista, la madre del niño fue al Consulado de la República Dominicana, y explicó su situación y la del niño, pero no vio interés del Consulado en ayudar. Entendemos que con la militancia del pueblo dominicano en Puerto Rico durante los últimos años, este abuso no se hubiera cometido; por más "honorables" que fueran los testigos.

Se celebró la segunda vista, y la situación en la sala era la misma. Los mismos testigos, los peticionarios, el menor con la misma actitud hacia su madre. El abogado de Teresita le solicitó al Tribunal la desestimación de la Petición porque en el Certificado de Nacimiento del niño estaba el nombre de su papá, y éste no había sido incluido en la Petición. El caso se pospuso por más de 6 meses, hasta que se emplazó al padre del menor mediante publicación de edictos, por éste residir en la República Dominicana.

Para la tercera vista, Teresita no pudo viajar a Puerto Rico, porque no tenía dinero para el pasaje ni para pagar hospedaje. La Familia Márquez y sus secuaces se salieron con la suya, provisionalmente. Los molinos de Dios a veces muelen muy lentamente…

El padre adoptivo murió 3 meses más tarde, dejando al niño huérfano de padre, y la madre adoptiva, murió menos de un año después de la adopción.

El abogado nunca volvió a saber de paradero de Teresita, ni de su hijo Eduardo, quien debe ahora tener 19 años...

EL DÍA QUE ABRAHAM SE SACÓ EL PREMIO MAYOR

En la calle donde se desarrolla esta historia, había una casa de madera, techada de zinc, que se había convertido en dos viviendas separadas por una pared medianera interior. Esta casa era propiedad de un señor llamado Zacarías, quien tenía una gran cantidad de propiedades que dedicaba a alquiler. Don Zacarías era de Carolina, y venía todos los días 30 de mes a cobrar la renta. Vestía chaqueta[25] y corbata, sus trajes siempre eran negros, y manejaba un carro grande.

---

[25] Saco

Para el 1952, don Zacarías le alquiló la vivienda del lado derecho de esta casa a un matrimonio de Humacao. El esposo se llamaba Abraham, y la esposa, Lucía. Abraham había conseguido trabajo en el departamento de contabilidad de la empresa Puerto Rico Clay Products, en Carolina, y la transportación desde su pueblo le resultaba onerosa, porque no tenía automóvil. La pareja tenía dos hijos adolescentes: una niña de nombre Nilda, y un varón, de nombre Juan, a quien apodaban "Guango", y de inmediato los muchachos del barrio hicieron amistad con los chicos de la familia.

Los inquilinos que ocupaban la casa anteriormente tenían una perra llamada "Beauty", y le encomendaron a los nuevos vecinos que se hicieran cargo de la perra, y ellos aceptaron. La perra cayó en celo, y ¡aquello fue tremendo! ¡Había una jauría de perros, día y noche! Todos los perros del barrio vinieron sin ser invitados, y todos querían una tajada. De pronto, la perra desapareció, y los vecinos llegaron a diversas conjeturas. La verdad, no se sabe cuál fue el destino del animal, pero don Abraham cargó con la culpa y se ganó la antipatía de los vecinos.

Llegó el mes de diciembre de 1952. Era el tiempo cuando tiraban la lotería los domingos, ¡y Abraham se pegó con el premio mayor del sorteo extraordinario, billete completo! Tan pronto como el lunes, cobró el dinero, y lo primero que compró fue una radiola, de las que tocaban discos de vinil. En la casa lo que se escuchaba todo el día, una y otra vez, era la composición de Agustín Lara, "Madrid", cantada por Bobby Capó.

La familia de Abraham le aconsejó que pusiera el dinero "a producir", para poder vivir cómodamente. Abraham tomó el consejo, y compró una casa en el casco urbano de Río Piedras, para dedicarla a hospedaje de estudiantes de la Universidad de Puerto Rico.

La casa era bastante grande y cómoda. Podía vivir la familia en una porción, y dedicar la otra parte a hospedaje. Las cosas estaban bien al principio, pero la que lavaba, limpiaba, administraba, cocinaba y hacía todo, era su esposa Lucía. Llegó el momento cuando fue necesario contratar dos empleadas. Todo iba de maravilla, y las estudiantes y sus padres estaban muy contentos. Abraham continuó con su empleo en Carolina. Pera esa época, el negocio de casas de hospedaje en Río Piedras era lucrativo. No existían los colegios regionales, y las únicas universidades eran el Colegio de Mayagüez[26], "El Poli"[27], en San Germán, y "La Católica",[28] en Ponce. El hospedaje de Abraham y Lucía era exclusivamente para señoritas. Río Piedras era "La Ciudad Universitaria"; un centro de actividad comercial de mucho movimiento. Había toda clase de comercios. La Plaza del Mercado comenzaba sus operaciones a las tres de la madrugada. Llegaban carros públicos a traer y llevar pasajeros de todos los pueblos de la Isla.

---

[26] Colegio de Agricultura y Artes Mecánicas de Mayagüez, hoy Recinto Universitario de Mayagüez.
[27] Instituto Politécnico de Puerto Rico, hoy Universidad Interamericana, Recinto de San Germán
[28] Pontificia Universidad Católica de Puerto Rico

Un día, llegó al hospedaje una mujer un poco mayor para ser estudiante. Se llamaba Cecilia, era de Nueva York, había conseguido un trabajo en una tienda de la calle De Diego, y Lucía accedió a alquilarle una habitación.

Aunque Abraham era un hombre muy serio y respetuoso con todas las huéspedes, de inmediato se interesó por Cecilia, y los piropos y las frases de amor que le decía eran bien recibidas, al extremo de que Abraham se entusiasmó...

Abraham era un hombre delgado, alto, de pelo escaso. Estaba llegando a los 50 años, y como trabajaba en una oficina, siempre estaba vestido con chaqueta y corbata, y se veía mucho mayor. Cecilia estaba entre los 25 y 30 años, no era flaca, y tenía una sonrisa cautivadora.

Ya Lucía le había contado a Cecilia del premio de la lotería, el dinero que tenían en el banco, todo lo que habían hecho con el dinero, y los planes que tenían para su futuro, y el de sus hijos.

Cecilia empezó a convencer a Abraham para que se fuera con ella a Nueva York, y como todo enamorado, sin pensarlo dos veces, Abraham retiró el dinero del banco. Cuando Lucía se enteró, ya Abraham sea había marchado con Cecilia. Para Lucía, este fue un rudo golpe. Se pasaba los días y las noches llorando…

La vida en Nueva York no era nada fácil. Cecilia tenía allá su familia y sus amistades. Era un ambiente de fiestas todos los fines de semana, y Abraham no era esa clase de persona. Cecilia salía con sus amistades, y a veces llegaba al otro día. El dinero empezó a escasear, y Abraham comenzó a ser tratado con desprecio. Entonces, se dio cuenta de que a Cecilia lo que le interesaba era el dinero…

En Río Piedras, con la ayuda de sus hijos, Lucía seguía adelante con su hospedaje. La familia estaba deshecha con esta situación, pero gracias a Dios, no estaban pasando necesidad.

Habían pasado dos meses desde la partida de Abraham, y ni Lucía ni los muchachos habían tenido noticias. Ya ni lo echaban de menos.

Una tarde, un taxi se detuvo frente al hospedaje, y del auto bajó lo que quedaba de Abraham. Había perdido mucho peso, tenía los ojos hundidos, y el poco pelo que le quedaba se e había caído. Lo que le quedaba era algunas canas, y le pidió permiso a Lucía para quedarse hasta el otro día, para coger un carro público para Humacao.

Lucía y sus dos hijos lo abrazaron, y lloraron largo rato. Lucía lo seguía amando. Era el primer y único hombre en su vida.

La experiencia fue tremenda para Abraham, y aunque ya se le había esfumado el dinero, tenía una familia unida; algo que vale más que el premio mayor.

CHINGALE

Para el 1932, vivía en un ranchón en la barriada El Gandul, un hombre con una piel negra que brillaba, de nombre Pablo Encarnación. Su esposa, Mercedes Rivera, era una mujer muy blanca, que parecía una diosa nórdica, pero era una jíbara puertorriqueña de Adjuntas. Tenían un hijito que se llamaba Johnny, de aproximadamente cuatro años.

Pablo conoció a Mercedes cuando trabajaba en una compañía de camiones que hacía entregas en toda la isla de Puerto Rico, una vez cuando se encontraba entregando mercancía en el pueblo de Adjuntas. La segunda vez que fue a Adjuntas, la montó en el camión y se la trajo para Santurce.

Un día se apareció en el ranchón una muchacha muy hermosa que era hermana menor de Mercedes. Se llamaba Flor y había venido a San Juan a buscar empleo porque tenía una niña recién nacida, cuyo papá era hijo de uno de los hombres más poderosos de Adjuntas. El joven tenía una novia para casarse y a Flor no se le hizo justicia…

Pocos días más tarde, Flor consiguió trabajo como criada doméstica en Miramar, pero todas las tardes venía a dormir en la habitación de Mercedes y Pablo. En un momento dado, los vecinos dejaron de ver a Flor durante varias semanas, hasta que un sábado en la tarde, llegó aquella reina de belleza en un automóvil Packard, con un chofer uniformado, quien la ayudó a descargar una gran cantidad de regalos que traía para Mercedes, Pablo, y Johnny. Flor se marchó dos horas más tarde, pero esta visita siguió repitiéndose todos los sábados en la tarde. Los vecinos hicieron un montón de conjeturas, imaginándose todo tipo de cosas… Cada vez venía muy bien arreglada y tan bonita, que los vecinos del ranchón la apodaron Jean Harlow, una actriz rubia de Hollywood que por aquella época causó gran furor. Pero Mercedes, quien nunca fue a la escuela y no conocía el idioma inglés, no acertaba a pronunciar bien el nombre de la actriz. Su interpretación fonética sonaba como "Chin Gale", y así quedó consignado para la historia el apodo de su hermana: "Chingale". De modo que, cuando los muchachos del ranchón divisaban la llegada del lujoso automóvil con chofer, anunciaban a viva voz a los vecinos: "¡Ahí viene Chingale! ¡Ahí viene Chingale!"

El dueño del ranchón era un hombre muy rico, y tenía un hijo llamado Roberto, que estudiaba en una universidad estadounidense. Durante sus vacaciones, el muchacho viajaba a Puerto Rico, y una noche fue a darse buena vida en el Viejo San Juan. Fue en cierto "night club" donde vio a esta "Jean Harlow", pero ellos no se conocían. Él no estaba al tanto de las visitas que hacía Jean Harlow al ranchón los sábados por la tarde para visitar a su hermana y a su sobrinito, y tuvieron un romance.

Un sábado cuando estaba el muchacho en el ranchón con su papá, llegó Jean Harlow a visitar a su hermana Mercedes, y fue un tremendo *shock* para ambos, pero el muchacho no le contó a nadie sobre el trabajo de Jean Harlow, y regresó a la universidad en los EE. UU., y el secreto nunca fue revelado.

Pasaron seis meses. Jean Harlow no visitaba el ranchón y su hermana no sabía nada de ella...

Muchos meses más pasaron, y un sábado Jean Harlow llegó al ranchón a visitar a su hermana y a su sobrino. Esta vez no la trajeron en automóvil, ni tampoco trajo regalos. Vestía un traje que le quedaba grande porque había perdido mucho peso. Se le notaban los pómulos resaltados y las ojeras. Cuando Mercedes la vio, se conmovió tremendamente. Flor le dijo que había contraído tuberculosis[29]

---

[29] Para los años '30, la tuberculosis era tan nociva como el SIDA en estos tiempos.

y que estaba en un sanatorio. Le quedaban pocos meses de vida y había venido a despedirse.

Más o menos media hora después Flor salió del ranchón. Lo único que escucharon los vecinos fue el llanto desconsolado de Mercedes.

EL REY

(también conocido por el hijo de doña Consuelo)

Había en la barriada Tras Talleres de Santurce, un muchacho de más o menos 16 años de edad que se llamaba Reynaldo González. Lo que distinguía a este joven, a parte de su fortaleza física, era la habilidad que tenía para jugar al béisbol. Además, tenía una excelente voz, y cuando participaba de serenatas, todo el barrio se detenía a disfrutar de su canto. Lo apodaban Rey, y todas las muchachas, (¡y hasta las mujeres casadas!), estaban pendientes a la vida de Rey.

Rey vivía con su mamá, doña Consuelo, quien era viuda, y tres hermanas. Su hermana mayor trabajaba en una panadería, y tenía cargo el sustento de la familia.

Rey tenía una novia que se llamaba Milagros; una muchacha pequeña de estatura, pero muy bonita. La familia de Milagros era una familia grande, y sus padres y todos sus hermanos trataban a Rey como uno más de la familia.

Cuando Rey terminó la escuela superior, (y dicho sea de paso, en aquella época eran muy pocos los muchachos que alcanzaban este logro a causa de la necesidad de las familias y el deber sagrado de ayudar a sus padres), Reynaldo se trasladó a Nueva York. Allá consiguió un buen empleo y se casó con una compañera de trabajo, con quien procreó dos hijos. Cinco años más tarde regresó a Puerto Rico divorciado, y no fue bien recibido en su barrio, pues había mucho resentimiento por la forma en que había terminado su noviazgo con Milagros. Pero a él poco le importaba. Los años que vivió en Nueva York lo habían transformado en una persona egoísta, y despreciaba a sus amigos de infancia. Se sentía muy mal entre su gente, y solo pensaba en él y en lo que quería para sí mismo.

Reynaldo consiguió trabajo como alguacil en el Tribunal de San Juan, y dos años más tarde, como tenía diploma de escuela superior, le dieron el puesto de Secretario del Tribunal. Allí Rey hizo historia porque vestía mejor que los abogados. Era sumamente responsable y a la vez exigente. Era sumiso con los jueces y sus superiores, pero un dictador con sus subalternos.

Todos los años para sus vacaciones, viajaba a Nueva York a ver jugar a los Yankees. El béisbol seguía siendo su pasión y era una persona bien documentada en ese deporte. Se podría decir que era una autoridad en lo que respecta a la temporada de béisbol invernal en Puerto Rico. En los años de gloria de la pelota invernal él nunca se perdía un juego, y siempre estaba acompañado por personas prominentes. No tenía automóvil. Solo viajaba en taxi, y no quería que nadie se enterara dónde vivía. Su residencia era un misterio.

Había en el Tribunal una empleada de nombre María Luisa Santos, que trabajaba en la Secretaría. Era mucho más joven que él, y poseía sus mismas cualidades. Era guapa y orgullosísima. Comenzaron un noviazgo. Rey fue a la casa de los padres y pidió su mano. La llevaba a los mejores lugares del Viejo San Juan. los siete días de la semana para cenar, y le hacía regalos costosos. Para su compromiso con María Luisa, le compró una sortija de $1,500.00. Estamos hablando de los años '50, y hoy día, todavía esa es una suma considerable. Así también eran todos los regalos que le hacía.

Un lunes en la mañana, cuando Rey llegó al Tribunal halló que se estaba realizando una auditoría de los últimos cinco años; los años durante los cuales él se desempeñó como encargado de cobrar las fianzas.

El primer día la auditoría comenzó a las 8:00 AM y terminó a las 5:00 de la tarde para continuar al día siguiente.

Antes de retirarse, los auditores le exigieron a Reynaldo que entregara las llaves de su escritorio y de los gabinetes de la oficina.

El martes en la mañana, en una calle de Villa Palmeras, en una casita de madera construida sobre cuartones de madera de seis pies de alto, para evitar que el agua de lluvia dañara las pertenencias de los residentes, se oyó el disparo.

Cuando llegó la Policía encontraron el cadáver de un hombre tirado en una camita de metal de una plaza, estilo "army", con una herida de bala en la sien, y una madre desconsolada. En la habitación había una gran cantidad de billetes de la lotería de sorteos ya pasados, que aparentemente no estaban premiados, y mucha ropa, zapatos, y accesorios de vestir para caballeros.

Cuando finalizó el proceso, de acuerdo con los recibos auditados, el monto del dinero malversado sobrepasaba los $50,000.00 dólares. No había transcurrido un mes de este lamentable suceso cuando los prestamistas y acreedores de

Reynaldo comenzaron a visitar el Tribunal.

Y termino este trágico relato con una pregunta: ¿Pa' qué?

CHANITO, EL IMITADOR

Para mediados de los años '30, llegó a Puerto Rico un abogado de nombre Richard Douglas. Era del estado de Mississippi y de la raza negra. La razón de su viaje se debía a que se había escapado con su novia, que era rubia y de ojos azules. En Mississippi, eso equivalía a una sentencia de muerte, como les pasó a muchos negros que cometieron lo que para los blancos del sur de los Estados Unidos era un pecado capital.

Estableció su oficina en la calle Allen, hoy calle Fortaleza, en el Viejo San Juan, y para continuar rompiendo barreras, contrató a una negra de Santurce como su secretaria. Ésta era la única secretaria de un abogado que era negra. Como siempre ha pasado, la gente se deja llevar por el color o por la apariencia física, y pasan por alto el talento y el conocimiento de la persona. Esta secretaria, de nombre Asunción Martínez, era una joven egresada de la Escuela Superior Central. Hablaba inglés, español, y francés, y como mecanógrafa era una estrella. Además de todas estas virtudes, era sencilla y muy humilde. Cualquiera se equivocaba con ella.

La Escuela Superior Central, o Central High School, como se conocía entonces, era un centro de estudios que tenía unos maestros que, la mayor parte de las veces, pasaban a enseñar en la Universidad de Puerto Rico. Eran unos educadores comprometidos con la enseñanza. Había que tener y mantener un buen promedio para poder graduarse de dicha institución. Allí estudiaban los hijos de los ricos y poderosos, y de "La Central" se graduaron grandes luminarias en todo tipo de arte y disciplina.

El edificio donde ubicaba la oficina del Lcdo. Douglas tenía dos pisos, y en el primer piso, había un colmado que era famoso por la calidad de los productos que vendía. En ese colmado trabajaba un joven negro, que era el chofer que recogía la mercancía en el muelle de Puerta de Tierra, y además, entregaba compras; todo esto en un vehículo de la compañía. Este joven se llamaba Manuel Luciano Sánchez. Todos lo conocían por Chano.

Chano y Asunción se veían todos los días, desde las 8:00 de la mañana hasta cuando ella salía por la tarde, porque la escalera para subir a la oficina estaba al lado de la puerta del colmado. Terminaron siendo novios, y Chano, con el consentimiento de los padres de Asunción, la recogía en la mañana y la llevaba a su trabajo. Cuando el trabajo se lo permitía, también la llevaba a su casa por la tarde.

Al cabo de un año de noviazgo, Chano y Asunción se casaron. El Lcdo. Douglas fue el padrino de bodas, y alquilaron un apartamento en un segundo piso en la calle Loíza, cerca de la Iglesia Santa Teresita. Aunque Chano no tenía mucha preparación académica, ya que se tuvo que ir a trabajar desde muy joven para ayudar a su familia, se había sacado el premio mayor con su esposa.

La oficina del Lcdo. Douglas tenía muchísimo trabajo. Era un hombre muy responsable, y se ganó la admiración y amistad de todos los abogados en el Viejo San Juan. Aunque casi todo el trabajo de su oficina era en el tribunal federal, con la ayuda y el talento de Asunción, atendía también casos en el tribunal local. La esposa del Lcdo. Douglas, aunque tenía dos sirvientas y vivía como una reina, no estaba muy a gusto en Puerto Rico, porque toda su familia estaba en los Estados Unidos. Con el tiempo, su familia aceptó que se había casado con un hombre "de color", y las relaciones por cartas y llamadas telefónicas habían sanado las heridas de ambos lados.

El Lcdo. Douglas se había graduado de sus estudios de derecho en Harvard, y tenía el rango de capitán en el Ejército de los Estados Unidos. En el 1941, cuando los Estados Unidos se unieron a las Fuerzas Aliadas en el conflicto bélico[30], el Lcdo. Douglas se re-enlistó, y regresó a los Estados Unidos. La oficina en Puerto Rico terminó sus operaciones, y el Licenciado le dio a Asunción una buena suma de dinero. Fue una despedida muy emotiva para Asunción, los compañeros abogados, y todos los que conocieron a ese buen hombre. El Lcdo. Douglas no regresó a Puerto Rico después de terminada la Guerra, sino que compró una casa en Maryland, donde el racismo no se parecía en nada a lo que era en Mississippi, donde por poco pierde la vida.

Con el dinero que le dio el Lcdo. Douglas a Asunción y unas economías que ella y Chano tenían, compraron una

---

[30] Segunda Guerra Mundial

finca de seis cuerdas en un barrio de Carolina, construyeron una casa, y Chano puso un taller de mecánica. Él sabía bastante mecánica porque su primer trabajo fue de aprendiz en una compañía de camiones. Asunción no volvió a trabajar, pero además de sus tareas de ama de casa, era el poder detrás del trono; era la que estaba encargada de las finanzas, ya que tenía una gran visión para tomar decisiones, y para controlar los gastos, ¡ni se diga!

En 1945, Asunción dio a luz una niña, la que llamó Amneris, y dos años más tarde le nació un varón, a quien se le dio el nombre de Manuel Luciano, Jr.

Cuando terminó la Guerra, a Puerto Rico llegó una bonanza económica monumental. Se hicieron grandes obras públicas, y unas carreteras tan modernas, que las antiguas vías pasaron a la obsolescencia. Chano y Asunción tuvieron la suerte que el gobierno les expropió una parte de la finca para hacer una autopista. La finca quedó dividida por la carretera y ambos lados quedaban frente a la vía, haciendo la propiedad más atractiva para actividades comerciales. Tenían muy buenos inquilinos, pero eso no impidió que Chano continuara trabajando de sol a sol. Se construyeron locales comerciales a ambos lados de la carretera, y una gasolinera, que Chano trabajaba con la ayuda de su hijo, Chanito.

Para 1958, Amneris había terminado la universidad, y decidió estudiar medicina en España. No hubo ninguna objeción por parte de sus padres, quienes se hicieron cargo de todos los gastos. Ella vivió muy bien durante los años que estuvo en España.

Mientras Amneris estaba viviendo en España como una rica, Chanito estaba trabajando como un esclavo. Viraba cemento, pintaba, atendía la gasolinera; era un trabajo de sol a sol. Sus padres no se daban cuenta de lo mucho que trabajaba, y por ser su hijo, no le pagaban lo que se le pagaba a un particular. Un buen día Chanito, ya agobiado de tanto trabajar, se enlistó de voluntario en el ejército, y estando en el ejército comenzó la guerra de Vietnam. Por suerte, la unidad a la cual pertenecía la habían movilizado a Alemania días antes del comienzo del conflicto en Vietnam, por lo que no estuvo envuelto en ninguna acción bélica. Chanito terminó su servicio militar y regresó a Puerto Rico con otra visión. Quería estudiar derecho. No estaba dispuesto a volver a la esclavitud en que lo tenían sus padres cuando se vio obligado a ingresar en el ejército.

Por ser veterano, tenía derecho al pago de estudios, y se matriculó en una universidad de dudoso prestigio, que a la larga fue intervenida por el gobierno federal, y en cuatro años se graduó de bachillerato. Sus padres comenzaron a respaldarlo. Ahora tenía a su cargo la administración de las propiedades en todo lo relacionado con el alquiler; un negocio que movía mucho dinero. Su hermana se graduó de medicina en España, se casó con un compañero estudiante oriundo de Méjico, y se fueron a vivir a California, donde se especializó en pediatría. No se sabe si fue a causa de su marido, o por otra razón, pero se distanció de su familia en Puerto Rico.

Mientras tanto, Chanito comenzó un noviazgo con una muchacha más joven que él, llamada Isabel Vázquez, decidió casarse, y construir una familia. Como regalo de bodas, sus padres le compraron una casa en una urbanización bastante cerca de los negocios familiares. En ese matrimonio nacieron dos varones. El mayor lo llamaron Manuel Alejandro, y el menor, Manuel Emilio.

A estas alturas, Chanito comenzó sus estudios en la facultad de derecho, con muy buenas intenciones, y con sus metas fijadas, pero de inmediato hizo amistad con unos compañeros menores que él, que no estaban en las de fajarse estudiando. Eran unos jóvenes, varones y féminas, que venían de hogares pudientes. Ese grupito faltaba cuando les daba la gana. Salían por las noches a las discotecas, en vez de quedarse en sus casas estudiando. Los padres les pagaban apartamentos de solteros, trataban de matricularse con profesores que no eran exigentes. Si veían que estaban en el camino de reprobar un curso, se daban de baja. El tema diario de los varones eran las mujeres y la buena vida. Lamentablemente, Chanito, un hombre de experiencia, mayor que esos mocosos, optó por imitarlos.

Comenzó a quedar mal con su esposa y sus hijos. Llegaba a su casa de madrugada, y a veces no llegaba. Viajaba con frecuencia a Miami, Florida, siempre acompañado de "una amiga". Tenía obsesión con las féminas blancas, y era muy espléndido. Alquiló un apartamento de soltero en el área de Isla Verde.

Para esta época, sus padres estaban ya bastante ancianos; era tiempo de que se retirasen. Chanito se hizo cargo de todos los negocios, y fue un desastre. Pero ahora había mucho dinero para botar.

Chanito llevaba ya diez años en la facultad de derecho. No se había podido graduar, tomando clases y dándose de baja. Cuando finalmente logró terminar, él creía que pasar la reválida de abogacía sería algo fácil. No tenía tiempo para estudiar. No pudo pasar la reválida. Sus amigos controlaban su tiempo y su dinero. Toda la fortuna de una vida de trabajo comenzó a desaparecer. Lo que quedaban eran deudas y acreedores. Sus pobres viejos se vieron obligados, a sus casi 90 años, a radicar un procedimiento de quiebra. Antes de que se aprobara la quiebra, los padres de Chanito fallecieron. Gracias a Dios, no llegaron a ver que el banco se quedara con todo y los tirara a la calle... Su hermana en California se desentendió de todo. Al fin, la esposa de Chanito perdió su casa y terminó viviendo con sus dos hijos en un apartamento subsidiado por el gobierno.

El dinero se acabó y se marcharon los amigos de la bonanza. Chanito había traicionado, además de sus padres, a muchos amigos genuinos que le dieron la mano, prestándole grandes sumas de dinero, a base de sus promesas y mentiras. Debía, además una enorme cantidad de dinero por concepto de la pensión alimentaria de sus hijos, y tenía en su contra una orden de arresto por emitir cheques sin fondos.

Chanito entonces comenzó a vivir una vida de ermitaño en un tráiler que le prestó Fernando Robles, uno de los pocos verdaderos amigos que le quedaban en el pueblo de Fajardo. Un día Fernando fue a visitarlo. Llamó a la puerta y Chanito no contestaba. Decidió abrir la puerta y entrar, ¡y cuál fue su sorpresa al encontrarse con su cadáver!

Su amigo Fernando notificó a las autoridades. El médico forense determinó que había muerto de un infarto masivo.

LA CORREDORA QUE PERDIÓ LA VELOCIDAD

En el barrio Juana Matos del municipio de Cataño, en el mes de junio de 1945, nació una niña, a quien se le dio el nombre de Luz Marina, hija de don Domingo Hernández y doña Asunción Díaz.

Luz Marina era la más pequeña de los cuatro hijos de la pareja, y debido a la situación económica de Puerto Rico para los años '40, sus padres decidieron buscar mejores condiciones de vida. Emigraron a Nueva York cuando Luz Marina tenía 4 años. Ésta, luego de finalizar la secundaria, estudió cosmetología. Al terminar sus estudios, consiguió empleo en un salón de belleza que era visitado por los artistas latinos de la época. Tuvo dos relaciones, y procreó dos hijas, de nombres Nancy (la mayor), y Emily.

Lucy, como era conocida por todos en Nueva York, siempre tenía el deseo de regresar a Puerto Rico y comprar una casa para disfrutarla con sus padres. Ese sueño no se cumplió porque sus padres murieron. Sin embargo, sus hijas ya eran adultas e independientes, y Lucy realizó su sueño. Viajó a Puerto Rico, sin intenciones de quedarse, y se hospedó en un "guest house"[31] en Isla Verde. Leyendo el periódico vio un anuncio de una compañía constructora que estaba solicitando una vendedora. Fue a una entrevista, y por su presencia física y dominio del idioma inglés, obtuvo el empleo.

Lucy ya tenía 40 años. Era alta, esbelta, y tenía una belleza natural. Era difícil decirle que no... En su trabajo era muy eficiente y sus compañeros de oficina la motivaron a

---

[31] Hospedería

tomar un curso de bienes raíces. Aprobó el curso, obtuvo su licencia, y todas las credenciales requeridas por el estado. Cuando se vendieron todas las unidades del proyecto de construcción, renunció a su empleo y abrió una pequeña oficina en Isla Verde. Allí ella era la jefa, la secretaria, la recepcionista, y la que limpiaba la oficina.

En la oficina le fue de maravilla desde el mismo día que abrió las puertas. Había logrado hacer muy buenas relaciones en el negocio de bienes raíces. Para la época de los años '80, las compraventas, hipotecas, y financiamientos estaban en su apogeo. Además de los bancos, había compañías de financiamiento de todas clases y a todos los niveles.'

En solo tres meses, la oficina de Lucy tenía una asistente y una secretaria. Compró un "pent-house" para utilizarlo como su vivienda, que le costó $400,000.00 dólares. Tenía un auto Mercedes Benz de paquete[32]. Este estilo de vida tuvo un costo en su personalidad. La avaricia se apoderó de ella.

---

[32] Es decir, nuevo; no usado.

Comenzó a no creer en nadie, pero tenía un talento para hacer que todos creyesen en ella.

Diseñó, preparó, e imprimió un contrato de corretaje, que aunque de su faz no se desprendía que tuviera ilegalidad alguna, tenía cláusulas que apelaban a la buena fe del corredor, el vendedor, y el comprador. Cuando una de estas cláusulas estaba en controversia, Lucy dejaba de ser la persona afable y humana que de ordinario proyectaba, y se transformaba en un soldado de guerrilla, sobre todo cuando ya había recibido el "retainer"[33]. Pero tanto los compradores como los vendedores, como el único fin de la relación era la compraventa del inmueble, pasaban por alto el mal rato; más aún cuando una compraventa no es algo que las mismas personas realizan juntas todos los días. Con todo, aun así las cosas seguían marchando muy bien para ella.

Lucy también se aprovechaba de los clientes que estaban en problemas de divorcio, casos de herencia, y casos donde el

---

[33] Adelanto de la comisión de la corredora de bienes raíces.

vendedor había quedado desempleado o incapacitado. En estos casos, ella decía que tenía un inversionista con dinero para comprar. Pero no había tal persona. La supuesta inversionista era ella misma. Cuando la parte vendedora sabían que había un inversionista, las expectativas de vender aumentaban. Ella anunciaba el precio que inversionista estaba dispuesto a pagar, y por supuesto, el precio siempre era menor. Así ella se quedaba con la propiedad y luego la revendía con una ganancia, más la comisión de corredora de bienes raíces que había recibido. O bien, la retenía para ella, y la dedicaba al mercado de alquileres.

Hubo una vez un matrimonio "nuyorican"[34]. Ambos trabajaban para una línea aérea que cesó operaciones en Puerto Rico, quedando ellos desempleados. Esta pareja tenía un apartamento en Isla Verde y hacía solo un mes que habían hecho un refinanciamiento por la suma de $90,000.00 dólares. Contrataron los servicios de Lucy y el precio de

---

[34] Dícese de personas puertorriqueñas que han emigrado a Nueva York o de sus descendientes nacidos en dicha ciudad.

venta acordado fue de $120,000.00 dólares; suma que, al descontar la hipoteca, se reducía a un neto de $30,000.00 dólares. ¡Lucy pretendía cobrarles una comisión de 8% de los $120,000.00 dólares! Además, cuando inspeccionó el apartamento antes de la venta, encontró que la nevera era nueva y le dijo al vendedor que se la regalara. Debido a los problemas que tenía, el vendedor accedió sin pensar. La esposa del vendedor se hallaba en los Estados Unidos y le otorgó un poder a su esposo para que firmara por ella. Se otorgó el contrato de corretaje y apareció un comprador.

Se preparó el Contrato de Opción de Compra por la suma de $120,000.00 dólares. De esa suma, a los vendedores les correspondía $20,400.00 dólares y a Lucy $9,600.00 dólares, más la nevera… Cuando el vendedor le envió el Contrato vía fax a su esposa, ella se dio cuenta de que Lucy era una timadora. Según ella, la comisión debía calcularse a base de los $30,000.00 dólares, que era la suma real que ellos iban a recibir.

El Contrato de Opción ya se había firmado y Lucy había recibido un adelanto de $2,000.00 dólares. El comprador interesaba la nevera, pero Lucy dijo que era de ella. ¡Si la quería, tenía que pagarle $1,100.00 dólares! El comprador se dio cuenta de que Lucy era una arpía, y estaba muy molesto.

El comprador era un cubano que tenía negocios, y al ver el lío en que estaban los vendedores, les propuso conseguir un notario sin que Lucy se enterara. Le dijo al vendedor que comprara el pasaje para Nueva York en una fecha determinada, de modo que, el mismo día que se otorgara la compraventa, se fuera para Nueva York. El comprador recibió por lo menos dos llamadas de Lucy para saber cuándo se iba a firmar la escritura, pero nunca se enteró. Cuando se dio cuenta, ya el apartamento tenía un nuevo dueño, con nevera y todo. Ella lloró de rabia y pataleó, pero esta vez no logró salirse con la suya…

Lucy se había convertido en una mujer solitaria. No tenía amigos ni amigas. Sus hijas la visitaban, si acaso, una vez al año. Ya estaba cerca de los 50 años, y con estos líos y el afán de hacer dinero, había dejado de arreglarse. Su única diversión era visitar los casinos, pero no botaba su dinero como hacen otros. Jugaba un rato en las máquinas tragamonedas, cenaba en uno de los restaurantes del hotel, y regresaba solita a su apartamento.

En el edificio donde vivía Lucy vino a trabajar un muchacho negro que no llegaba a los 30 años de edad. Se llamaba Benjamín Peralta, era muy trabajador, y muy callado.

Una vez en que Lucy tenía que llevar una caja llena de documentos de su oficina para que el CPA[35] le llenara su planilla de contribución sobre ingresos, le pidió ayuda a Benjamín. A raíz de esto, las cosas entre ellos cambiaron. No se sabe quién sedujo a quién… pero Benjamín renunció a su trabajo de mantenimiento y se mudó al pent-house de Lucy. Ella le compró un auto, y pasó los primeros seis meses de

---

[35] Contador Público Autorizado (Certified Public Accountant)

relación muy bien atendida… Volvió a acudir al salón de belleza y a atender su apariencia física.

Al cabo de los seis meses, Benjamín le dijo a Lucy que tenía un amigo que estaba vendiendo un negocio en el sector Piñones del pueblo de Loíza, y que el precio era bien barato. Lucy estaba tan enamorada que no cuestionó nada y le dio el dinero. Hubo un cambio instantáneamente en la personalidad de Benjamín. Se mudó del apartamento y ahora tenía montones de amigos. Era un ambiente de muy mala categoría para Lucy. Benjamín se fue a vivir con una de las empleadas de su nuevo negocio.

El sufrimiento y la amargura de Lucy eran palpables. Se levantaba llorando y se acostaba llorado. Otra vez, dejó de ir al salón de belleza y le afloraron todas las canas…

Benjamín solo la llamaba cuando necesitaba dinero, y para colmo, el negocio y el carro estaban a nombre de él; dinero que ella perdió…

Lucy se vio obligada a buscar ayuda profesional emocional, y comenzó a asistir a la iglesia. Con mucho trabajo superó la crisis. Su experiencia con Benjamín propició que tuviera un encuentro con Dios. Hizo un cambio radical en el manejo de su negocio y volvió a ser la persona que era antes de emprender la carrera de corredora de bienes raíces.

Sin la ayuda de Lucy, los asuntos de Benjamín comenzaron a ir para atrás, y se vio envuelto en una transacción de drogas. Las autoridades lo arrestaron, fue enjuiciado, convicto, y enviado a una prisión federal.

RAIMUNDO, EL TIRANO

Don Raimundo Morales nació en Aguadilla, la cuna del gran prócer José de Diego. Como estudiante de escuela superior, era el mejor de la clase, y siempre soñó con ser abogado. Pero debido a la situación económica de su padre, no pudo hacer su sueño realidad. Todos sus amigos de escuela superior pudieron estudiar, y llegaron a ser abogados prominentes. Don Raimundo tuvo que conformarse con un empleo de secretario en el tribunal de su pueblo. Pero el joven Raimundo era tan brillante, que al año fue nombrado Secretario General.

Se casó con Esther Ochoa, su novia de escuela superior, la que estudió para ser maestra, y fue nombrada a ejercer su profesión en una escuela rural en el municipio de Aguadilla. En su matrimonio, Raimundo y Esther procrearon seis hijos, de nombres: Julia, Gonzalo, Rubén, Roberto, los cuales nacieron durante los primeros cuatro años de matrimonio, y cuatro años más tarde, nacieron Leonor y Raimundito.

Don Raimundo y doña Esther tuvieron la bendición de que todos sus hijos eran muy inteligentes. Sus cuatro hijos menores estudiaron en la Universidad de Puerto Rico con el programa de becas, y todos se graduaron con honores. Estos muchachos, aunque se graduaron muy jóvenes, comenzaron a trabajar de inmediato y se casaron, pero ayudaban mucho económicamente a sus padres y a sus dos hermanos pequeños.

Cuando los dos hermanos pequeños fueron admitidos a la Universidad de Puerto Rico, don Raimundo y doña Esther vendieron la casa de Aguadilla y compraron una casa en

Santurce, para que los jóvenes no tuvieran que pagar hospedaje. Además, don Raimundo consiguió un traslado para el Tribunal Superior de San Juan.

La casa que compraron en Santurce estaba ubicada en una calle que se originaba en la calle Loíza, muy próxima al Correo. Los cuatro hijos mayores, que ya se habían graduado de la Universidad, trabajaban en el Área Metropolitana, y en la casa de don Raimundo los sábados eran de fiesta. Allí se reunían todos los hijos con sus cónyuges, con los nietos, desde los recién nacidos hasta los más grandecitos. Se notaba la alegría, el cariño, y el amor que existía en la familia Morales-Ochoa.

La otra cara de la moneda era que don Raimundo era muy estricto con doña Esther. Era un dictador, muy exigente, y ella le tenía terror. Ella, sin embargo, era todo amor; una mujer muy dulce. Se dio a querer de todos los vecinos desde el primer día que llegaron a la vecindad.

El comportamiento de don Raimundo hacia sus nuevos vecinos era igual o peor que el que tenía hacia su esposa. Era una calle de gente pobre. Eran muchos y de todas las edades, y la mayoría no eran blancos. Cada vez que don Raimundo veía a los muchachos de la calle jugando con una bola o hablando en voz alta, como es costumbre entre los adolescentes, llamaba a la Policía. Y como se identificaba como Secretario del Tribunal, la Policía llegaba de inmediato. Se ganó la enemistad de todos los padres y los muchachos del litoral. Como él no tenía automóvil, tenía que caminar hasta la parada de autobús, y era una persona muy arrogante. No se daba a querer. Él creía que el puesto de Secretario del Tribunal le daba derecho a menospreciar a la gente pobre y humilde del vecindario.

Había un muchachito negro, de 11 años de edad, que vivía en esa calle, que era el único a quien don Raimundo le hacía los mandados. Cuando don Raimundo lo veía en la calle, lo llamaba, y le abría el portón de la casa para que entrara. Le dio el nombre de Enrique, y así lo llamaba también doña

Esther, aunque ése no era su verdadero nombre. Seguramente

les recordaba a alguien que habían conocido en el pasado.

Doña Esther también le encomendaba mandados, y si ella

estaba cocinando, el primer plato de comida era para

Enrique.

El comportamiento de don Raimundo nunca cambió.

Doña Esther era una persona sumamente tranquila hasta que

don Raimundo llegaba de trabajar. Desde que entraba por la

puerta, él comenzaba a regañarla, y a llamarle la atención de

mala manera por meras tonterías, y a la pobre se le notaba el

terror que le tenía, y el estado de tensión que esta situación le

causaba.

En el mes de diciembre de 1952, la hija menor de don

Raimundo y doña Esther llegó a la casa con un muchacho,

compañero de estudios de la Universidad, Don Raimundo se

molestó sobremanera. No dejó que el joven entrara a la casa,

lo echó fuera en el mismo portón, regañó a su hija de muy

mala manera, y hasta llegó a agredirla físicamente. Unos días después, mientras hacía los quehaceres de la casa, doña Esther sufrió un derrame cerebral y murió.

En aquella época, en Puerto Rico los velorios se celebraban en las casas. Al velorio de doña Esther vinieron más de 200 personas. Vinieron sus familiares y ex-discípulos desde Aguadilla, sus hijos con sus esposas y los nietos, los compañeros de trabajo de los hijos, los empleados y funcionarios del tribunal, y todos los vecinos. Había personas en el patio, en la acera, y hasta en la calle. La casa era muy pequeña para contener aquella muchedumbre. El cortejo fúnebre salió hacia el cementerio de Aguadilla el sábado a las 10:00 AM. Decían los vecinos que ese mal rato fue lo que le causó la muerte a doña Esther.

A raíz de su viudez, don Raimundo se quedó en la casa con sus dos hijos que aún estudiaban en la Universidad, pero no por mucho tiempo. Raimundito dejó los estudios y se enlistó en el ejército. Leonor se casó con el muchacho que su padre no permitió entrar en la casa, y su matrimonio fue muy feliz.

Don Raimundo se quedó totalmente solo. No sabía cocinar ni hacer nada en la casa. Cayó en una depresión severa. Los hijos le compraron un pasaje para que viajara a Nueva York, donde nunca había estado, para ver si, con el cambio de ambiente, se recuperaba.

Treinta días más tarde, don Raimundo regresó muy recuperado, con una esposa 20 años más joven que él. También vino el hijo de su nueva esposa, que tendría más o menos 10 años de edad, y su nueva suegra, quien era más o menos de su misma edad.

Lo que don Raimundo trajo a su casa fue un caso siquiátrico, y durante los próximos 35 años lo que vivió fue un calvario. La nueva esposa se llamaba Lucero Negrón. Aquella señora no hablaba. Se comunicaba gritando. Regañaba a su hijo gritando. Formaba unas peleas con su mamá a grito limpio, y don Raimundo no podía abrir la boca porque le caían chinches. Don Raimundo comenzó a pagar todo el maltrato que sufrió doña Esther.

Lucero quería un carro, y don Raimundo se lo compró. Cuando llevaron el carro a la casa ella no sabía guiar, y don Raimundo tampoco. Era un carro pequeño, marca Taunus. Luego de dos semanas no le cabían más abolladuras. Lucero no quería dejar el carro en la calle. El garaje era estrecho y era difícil entrar el carro hasta para un conductor con experiencia. Lo peor era que no había espacio para abrir la puerta para salir del carro una vez estaba dentro del garaje. Lucero por fin aprendió a guiar, pero con menos de tres meses de comprado, el carro estaba totalmente depreciado y en condiciones de ser cambiado.

Don Raimundo y su esposa tuvieron una bebé a la cual nombraron Madeline. Con la llegada de la nueva esposa, se acabó la relación de don Raimundo con sus hijos mayores, lo que, en cierto sentido, fue lo mejor que pudo pasar, ya que hubiera sido muy doloroso para ellos ver el problema que se había buscado su papá en su viaje a Nueva York.

La casa que quedaba al lado de la de don Raimundo, que había estado desocupada por muchos años, fue comprada por un veterano enfermo de los nervios. Cuando éste formó la primera trifulca, don Raimundo salió vestido con una bata a llamarle la atención. El veterano se puso furioso y se le fue encima a Raimundo, pero solo le pudo echar mano a la bata, porque don Raimundo salió corriendo para su casa con el traje que llevaba Adán en el Paraíso antes de que Eva lo tentara a comer del fruto prohibido. ¡No tenía ni la hoja de higuera! Ese fue solo el primer incidente con su vecino el veterano. Cuando los muchachos de la calle querían divertirse, tiraban piedras al techo de zinc de la casa del veterano, y éste salía con un machete hacia la casa de don Raimundo. Lo increpaba con cuanta mala palabra sabía, y lo invitaba a que saliera de la casa para picarlo en cantitos.

Estuvieron de tribunal en muchas ocasiones, hasta que don Raimundo decidió vender su casa y mudarse.

Don Raimundo compró una casa en Puerto Nuevo, y se mudó más rápido que ligero, porque su vida corría peligro con su nuevo vecino el veterano. La mamá de Lucero murió en la nueva residencia, el hijo de Lucero terminó la escuela superior y se enlistó en el ejército, y la niña que tuvo don Raimundo con la nueva esposa salió muy inteligente, como sus hermanos mayores. Consiguió una beca para la Ohio State University, y luego de graduarse, se quedó viviendo en los Estados Unidos.

Don Raimundo, ya en sus 90 años, tenía un trabajo a tiempo parcial en un bufete de abogados. Falleció a los 97 años de edad. Sus hijos, que estuvieron distanciados por muchos años, se reunieron todos en la funeraria; una reunión muy distinta a las que acostumbraban tener en vida de doña Esther… Las únicas personas en el funeral fueron sus hijos, y la viuda. Sus restos fueron cremados.

EL PAPÁ QUE APRENDIÓ A PERDONAR

Don Gregorio Ayala Román era un hombre negro, fuerte de constitución y fuerte de carácter. Su esposa doña Delia, era una mujer blanca de muy poca escolaridad. No era muy comunicativa ni tampoco demostraba sus emociones; pero era porque don Gregorio siempre tenía la primera y única palabra. Todo lo que saliera de su boca, ella lo obedecía sin titubear. Nunca hubo desacuerdos ni pugnas en sus cincuenta y tantos años de matrimonio.

Vivían en una casa de madera techada de zinc en Villa Palmeras, por donde pasa hoy la avenida Baldorioty de

Castro. Procrearon cinco hijos; tres varones y dos hembras.
Don Gregorio no tenía mucha preparación escolar tampoco,
pero era un hombre muy cuidadoso. De vez en cuando, tenía
"una amiguita", pero sabía hacer las cosas; doña Delia nunca
se enteraba y nunca sufrió a causa de sus infidelidades.

Don Gregorio era demasiado fuerte con sus hijos. Creía
que el maltrato físico era disciplina y los muchachos le tenían
terror. Aunque no era un hombre preparado, tenía un
vocabulario florido y siempre iba a trabajar con saco y
corbata. Mucha gente creía que era abogado o un alto
funcionario del gobierno.

Una vez, conoció un joven abogado, y se convirtieron en
grandes amigos. Su nombre era Félix Rivera Figueroa.
Estaba casado y tenía dos niños. Se desempeñaba como
fiscal, y era muy exitoso, por lo que le asignaban todos los
casos criminales prominentes. Diariamente se escuchaban
noticias acerca de sus ejecutorias en la radio y se publicaban
reseñas en los periódicos.

Un día, el Lcdo. Rivera Figueroa decidió renunciar a su puesto de fiscal con el Departamento de Justicia y dedicarse a la práctica privada de la abogacía. Tomada esta determinación, asimismo le pidió a su amigo, Gregorio, que renunciara a su empleo en una empresa de construcción y se fuera a trabajar con él. Gregorio le dijo que no era abogado y que no sabía nada de leyes. El Licenciado le contestó, "Lo conozco muy bien, y tengo mucha confianza en usted." Don Gregorio aceptó.

El trabajo consistía en manejar el automóvil, hacer todas las diligencias de la oficina, y cuando el Licenciado quisiera ir a darse unos tragos, Gregorio tenía que estar disponible para llevarlo, quedarse con él hasta la hora que fuera, y después, regresarlo a su casa.

La oficina, desde el mismo momento que abrió sus puertas, comenzó a generar dinero. El joven abogado resultó ser un profesional muy competente, tanto en los casos criminales como en los casos civiles. Era muy generoso con sus empleados al momento de pagarles por su trabajo. Don Gregorio, por su parte, nunca había ganado tanto dinero en su vida. Compró una casa en la Urbanización Vistamar de Carolina, donde llevó a vivir a su esposa e hijos. Los sacó de una humilde casita que, a veces, cuando llovía, se inundaba. El Licenciado le dio el dinero para el pronto de la casa.

Todo iba de maravilla en su trabajo, pero en la casa de don Gregorio las cosas no marchaban muy bien. Un día le dieron una queja de que su hijo mayor, Fernando, se vio envuelto en una pelea en la que intervino la Policía. Cuando Gregorio se enteró, sin escuchar la versión del muchacho, lo agredió malamente, y cuando su hija menor intervino, también fue agredida. Cinco días más tarde sus cuatro hijos mayores se fueron a Nueva York sin decirle nada a su padre. Solo quedó el más pequeño, Ismael.

Don Gregorio tenía un coraje tan grande, que se olvidó que estos cuatro hijos existían. Cortó toda comunicación con ellos y jamás los volvió a mencionar. Ismael, el más pequeño, era el hijo que él más quería, porque era dócil como su mamá, y muy inteligente. Don Gregorio vivía orgulloso de él.

La oficina seguía viento en popa, y el Licenciado seguía cosechando triunfos. Era muy trabajador. A veces trabajaba los sábados y los domingos, preparando sus casos. Era muy querido por sus compañeros abogados y el público en general. Muchos amigos querían que se dedicara a la política, porque era un hombre carismático, pero siempre declinaba.

Un sábado en la noche, el Lcdo. Rivera Figueroa se fue de bebelata, y don Gregorio lo trajo a su casa a la 1:00 AM. Por la mañana sufrió una caída en el baño y falleció. Fue una noticia muy triste para su familia, sus compañeros, y el pueblo en general. Solo tenía 48 años, y estaba en el mejor momento de su carrera. En la oficina, los empleados estaban muy apenados, porque el Licenciado y sus empleados trabajaban en equipo. Él era una persona ejemplar; era un motivador, y sabía cómo corregir cualquier problema sin culpar a nadie. El día del funeral, que tuvo lugar en un cementerio de Isla Verde, abogados, jueces, y políticos hicieron acto de presencia. Además de toda su familia, estaban sus empleados, y don Gregorio con su esposa. Don Gregorio pidió permiso para que le dejaran decir unas palabras. Sus palabras estuvieron llenas de sentimiento, y dio a demostrar que aquel deceso había arrancado una parte de su ser. Habló con el corazón y los presentes se emocionaron. Aquellas palabras de un hombre sencillo sin ninguna preparación académica fueron producto de la inspiración divina. No hay otra explicación, y nadie más quiso dirigirse a los allí presentes. ¡Ni siquiera el cura!

Con la muerte del Licenciado Rivera Figueroa, don Gregorio se quedó en la calle. Se había convertido en un adicto a los casinos, al hipódromo, y a comprar billetes de la lotería. Su casa, que ya no debía nada al banco, la hipotecó, y todo el dinero que le dio el banco, lo jugó.

Su hijo Miguel Ángel regresó de Nueva York hecho todo un estilista, y abrió un salón en un hotel del Condado. El muchacho era muy competente, y todo le iba de maravilla. Pero vivía con el agravante de que su padre nunca lo había perdonado, y ahora, cuando se enteró de que era homosexual, sabía que jamás lo perdonaría... No obstante, Miguel Ángel pagó la deuda, para que no perdieron la casa.

Miguel Ángel adoraba a su mamá, y a pesar del carácter y la actitud de su papá, visitaba la casa, le llevaba regalos, y por primera vez en su vida, doña Delia salió de compras con su hijo a Plaza Carolina y a Plaza Las Américas. Además, Miguel Ángel le hacía peinados como los de las señoras adineradas que visitaban su salón. Las vecinas estaban asombradas.

Su hermano menor, Ismael, terminó sus estudios de medicina, con especialidad en cardiología. Tenía tanto trabajo, que no tenía mucho tiempo para compartir con sus padres. Se veían muy poco. En cambio, Miguel Ángel, aunque tenía su propio apartamento, visitaba la casa de sus padres todos los días, a pesar de la actitud de su padre. A su mamá no le faltaba nada. Los lunes, cuando el salón estaba cerrado, llegaba por la mañana temprano, y la ayudaba a limpiar la casa.

Luego de algún tiempo, Doña Delia fue diagnosticada con cáncer. Miguel Ángel contrató un ama de llaves, y se hizo responsable de todos sus gastos, hasta su fallecimiento nueve meses más tarde. Para el funeral, los hijos que residían en Nueva York viajaron a Puerto Rico, pero don Gregorio seguía con el mismo coraje que tenía desde que se marcharon veinte años atrás.

Después del funeral, don Gregorio, ya en sus 90 años, se quedó solo. Su hijo Ismael lo había decepcionado. Él esperaba otra actitud de su hijo preferido hacia él, pero la mente de Ismael estaba en su familia, su yate, sus caballos de paso fino, y su villa en Palmas del Mar. Desde que se graduó no se dejaba ver. Sus padres pasaban necesidad, y don

Gregorio, como era muy orgulloso, nunca le pidió un centavo. Pero no hay que ser muy inteligente para ser agradecido. Todo lo que tenía se lo debía a sus padres, quienes le pagaron la carrera, pero ahora, su hermano Miguel Ángel, que nunca recibió nada, se había hecho responsable de sus padres.

Con la muerte de doña Delia, Miguel Ángel no sabía cómo bregar con su padre, ya que, desde que él llegó de Nueva York y abrió su salón, toda su comunicación había sido con su mamá. Don Gregorio era ya una persona muy mayor. No podía manejar un vehículo de motor, y no debía estar solo.

Miguel Ángel llegó un lunes en la mañana, su día libre, como acostumbraba hacer en vida de su mamá, y encontró a su padre llorando. Era la primera vez en su vida que vio llorar a su padre, un hombre con corazón de acero… Por primera vez en muchos años, hablaron. Don Gregorio se dio cuenta de que todo el problema había sido creado por él, que él era el único culpable de no tener a sus hijos a su lado.

Miguel Ángel le dijo a su padre que deseaba mudarse con él;
que ya estaba cansado de vivir en un apartamento. Don
Gregorio no lo pensó dos veces. Dijo que sí y le pidió perdón
por la forma en que lo había tratado a él y a sus demás
hermanos. Asimismo, mediante una llamada telefónica, les
pidió perdón a sus hijos en Nueva York, y se hicieron los
arreglos para que viajar a conocer a sus nietos y bisnietos.

Don Gregorio estuvo dos meses en Nueva York. Hubo un
cambio en su vida. Se dio cuenta de que no estaba solo, que
tenía una familia, y que su vida no se había acabado.

Miguel Ángel fue diagnosticado con VIH, pero Dios le
dio la oportunidad de cuidar y velar por su padre hasta el
final de sus días.

HUGO "LA BESTIA"

Para el verano de 1960, un equipo de béisbol juvenil de Cuba viajó a la isla de San Martin, para un torneo preparatorio. El equipo de Cuba estaba compuesto por jóvenes de 18 años o menores. Finalizado el torneo, todos regresaron a Cuba, excepto un jovencito de nombre Hugo Muñoz. Natural de la provincia de Oriente, éste, antes de partir, les había dicho a su mamá y sus nueve hermanos, que no lo volverían a ver más porque no regresaría a Cuba.

El joven pidió asilo político, y con la ayuda de otros participantes en el torneo, pudo viajar a Puerto Rico, un lugar donde muchos de sus compatriotas habían jugado pelota profesional, quienes le hablaban muy bien sobre la calidad humana de ese pueblo.

Llegó a Puerto Rico sin un solo centavo, y lo primero que preguntó fue dónde había un gimnasio. Así, preguntando, llegó a la avenida Fernández Juncos, Parada 22 donde había un gimnasio en los altos de una mueblería. Le pidió permiso al dueño del gimnasio para usar las facilidades, pero le explicó que no tenía dinero. El dueño del gimnasio, cuando vio la constitución física del joven, le permitió entrenar todo el tiempo y todos los días que quisiera.

El gimnasio era administrado por un joven de Puerta de Tierra, de nombre Julito, quien de inmediato se hizo su amigo. Cuando Julito terminó de trabajar, Hugo le dijo que no había comido, que tenía hambre, y no tenía dónde dormir.

Julito era un muchacho muy popular. Todos en el barrio lo querían. Era negro, su estatura era de aproximadamente 6 pies 2 pulgadas, con pelo lacio. Le gustaban las fiestas y el baile, y siempre estaba de buen humor. Este joven vivía en un apartamento de tres dormitorios, con su mamá, dos hermanas, y tres hermanos. Julito alojó a Hugo en su hogar, y esa fue la primera residencia de Hugo en Puerto Rico. Al otro día desayunaron y se fueron al gimnasio. Parecían gemelos.

Para principios de los años '60 estaba comenzando el deporte de la lucha libre en vivo Puerto Rico. Desde los años '50, a la llegada de la televisión a Puerto Rico, se conoció la lucha libre. Se transmitían carteleras de los Estados Unidos, y el luchador más conocido era Antonino Rocca.

La mayoría de los luchadores utilizaban las facilidades del gimnasio de la Parada 22 para su entrenamiento. Así fue como Hugo y Julito se interesaron en la lucha libre y se convirtieron en ídolos de los fanáticos de Puerto Rico. Se pasaban todo el día observando a los luchadores, haciendo preguntas, y entrenando, hasta que se convirtieron en grandes estrellas. Siempre luchaban en pareja.

Hugo y Julito eran los chicos malos, los villanos. Eran odiados y admirados por la fanaticada. Si ellos no estaban en una cartelera, el estadio no se llenaba. Muchas veces la Policía los tenía que rescatar, para que la gente no los linchara en los motines que se formaban, cuando Hugo y Julito apabullaban y maltrataban a sus contrarios. Empezaron a ganar dinero. Mucho dinero. Eran los mejores pagados, y tenían una legión de muchachos estudiantes de escuela superior que los seguían a todas partes.

La sociedad de Hugo y Julito terminó, lamentablemente para siempre, cuando un promotor de Nueva York firmó un contrato con Julito para convertirlo en boxeador profesional. La meta era prepararlo para la categoría de los pesos pesados ("heavy weight). Esto era para la época del entonces Cassius Clay (Muhammad Ali). Pero, en una sesión de entrenamiento Julito recibió un golpe en la cabeza que le provocó una hemorragia cerebral. Quedó en coma y en el hospital, lo conectaron a un respirador artificial. Cuando Hugo se enteró, viajó a Nueva York, y en el hospital le informaron que Julito había fallecido, y como no tenían ninguna información de quiénes eran sus familiares, la ciudad de Nueva York lo enterró como un John Doe.

Hugo se desplomó, y tan grande y tan fuerte como era, lloraba como un niño, gritando: "¡Mataron a mi hermano, mataron a mi hermano! Se puso tan violento, que empezó a romper todo lo que estaba a su alcance en el hospital. Llamaron a la Policía, y se necesitaron seis agentes para sujetarlo. Lo inyectaron con un medicamento que lo puso a dormir. Viajó a Puerto Rico muy triste, con una depresión severa. Tardó más de tres meses en recuperarse, para volver a luchar y cumplir sus contratos.

Luego de este trance, se convirtió en un luchador de fama internacional. Recibía contratos de todas partes del mundo, Asia, Europa, Canadá… Luchaba con los mejores de los mejores. Nunca rehusaba ni se excusaba; siempre decía que sí. Ganaba dinero de verdad; pero, así como recibía el dinero, así lo gastaba.

Después de 30 años en el deporte, surgieron figuras nuevas, tanto en Puerto Rico, como en los Estados Unidos. Los fanáticos empezaron a preferir a los luchadores, no por su capacidad o habilidad, sino que el público comenzó a ser atraído por la personalidad del luchador. Hoy día, en el deporte de la lucha libre, todavía se invierten y se pagan millones de dólares, pero ya no existen los gladiadores de antaño.

Para los años '90, Hugo comenzó a tener problemas con las bebidas alcohólicas. Siempre estaba irritable y de mal humor. No había trabajo; no se ganaba el dinero que acostumbraba ganarse. En donde quiera que se metía a darse un trago, se formaba una trifulca. Se vio envuelto en varios casos en los tribunales y se vio obligado a vender todas sus prendas para pagar sus abogados, y para resarcir los daños que se ocasionaban en las barras después de una pelea.

Era adicto al ambiente de las barras, y con dinero o sin dinero, no podía quedarse en su casa. Él tenía que estar en la calle a las once de la noche, y llegaba a su casa por la madrugada. En la barra siempre había quién pagara lo que Hugo se comía y se bebía, y por lo general sus amigos la pasaban muy bien con él.

Para satisfacer su ego, se convirtió en un abusador. Llegaba a una barra, y cuando encontraba un cliente entrado en años, o que tuviera una constitución física débil, sin ningún motivo, buscaba la forma de provocarlo, ya fuera verbal o físicamente. Muchas veces las personas, para evitar problemas ante un hombre fuerte, se marchaban a otro lado, pero si se quedaban, él continuaba con su acoso, hasta que podía darle una paliza, frente a todos los que allí estaban. Este "show" se repetía siempre que había un infeliz de quien pudiera abusar.

Una noche, estaba Hugo en una barra cerca de su casa, y llegó un joven alto y bien delgado. No debía pesar más de

100 libras. De inmediato, Hugo comenzó a acosarlo sin darle tregua. El muchacho, todo el tiempo se mantuvo callado. No le contestó ni una sola palabra, y cuando no pudo más, se marchó. Hugo le gritó que era un cobarde, y otros insultos más.

Minutos más tarde, el joven regresó, y Hugo continuó con el acoso. El muchacho se mantuvo tranquilo y calmado. Cuando Hugo salió al estacionamiento, dirigiéndose a su auto, recibió cinco balazos, todos en la espalda. No murió, pero una bala se alojó en la espina dorsal, afectando la médula, por lo que fue sentenciado a pasar el resto de su vida cuadripléjico, confinado a su cama. Sólo tenía 55 años, y tal como le había dicho a su mamá y a sus nueve hermanos, nunca regresó a Cuba.

Cuando llegó la Policía, el muchacho, quien se identificó con el nombre de Manuel Román García, se entregó, y le dejó saber a los agentes que hacía solamente dos días que había salido del Presidio, donde cumplió dos años por robo, y debido a su condición física, fue también víctima de los

abusadores. Les declaró que por tal razón no tenía ningún

remordimiento por haber atentado contra la vida de un

abusador.

EL CARTERO IMPOSTOR

En el barrio vivía una joven de aproximadamente 24 años de edad, llamada Ramonita Torres. Esa muchacha era muy buena moza, y tenía un pretendiente que pasaba los 50 años de edad, de nombre Gualberto Feliciano, oriundo del barrio Guardarraya, de Villalba. Este señor alegaba ser empleado del Servicio Postal de los Estados Unidos, entonces conocido por "El Correo". Gualberto visitaba a Ramonita de lunes a viernes, de 3:00 PM a 6:00 PM, y tenían su "rende-vous".

Don Gualberto era un hombre blanco, alto, delgado, con pelo negro, con una partidura en el lado derecho. Siempre vestía inmaculadamente, con traje azul oscuro o negro, saco y pantalón del mismo color. No le cabían más plumas fuente y lápices en los bolsillos de la camisa, y siempre llevaba el periódico bajo el brazo. No tenía automóvil. Acudía de su casa al trabajo, y desde allí a la casa de Ramonita mediante transporte público. Después de su visita tomaba un autobús hasta su residencia, la cual compartía con su esposa e hijo...

Este señor tenía un aire de superioridad. No hablaba con nadie, y como decía que trabajaba en el Correo, muchos vecinos lo abordaban cuando tenían necesidad, pero él siempre evadía hablar sobre su trabajo. Si era algún menor el que le hacía preguntas, lo trataba con coraje, se ponía bien malcriado, y le decía que fuera al Correo si quería información.

Ramonita se daba cuenta de cómo su amigo trataba a los vecinos, pero no lo mandaba a volar porque la gente estaba bajo la creencia de que los carteros ganaban mucho dinero. Si esa era o no la verdad, él les resolvía todos los problemas económicos a Ramonita y a su mamá.

Ramonita quedó embarazada, y Gualberto no estaba nada de contento. Hasta tenía dudas de ser el padre de la criatura. Con el embarazo, se alejó de la muchacha. La visitaba por poco tiempo, le dejaba algún dinero, y se marchaba con muchísima prisa.

Una vez, dos muchachas del barrio que estudiaban clarinete y saxofón en la Escuela Libre de Música cuando estaba frente a la Plaza de Colón y el Teatro Tapia en el Viejo San Juan, necesitaban comprar cañas para sus instrumentos.[36] Para conseguir cañas, métodos, libretas para escribir música, e instrumentos musicales, los estudiantes tenían que caminar desde la Escuela Libre de Música hasta el interior del Viejo San Juan, hasta el Bazar Andreu. En esa tienda había de todo: desde hebillas, botones, sombreros y manteles, hasta instrumentos musicales partituras y

---

[36] La caña se fabrica de una planta similar al bambú y se coloca en la boquilla del instrumento para que pueda tener sonido.

accesorios para músicos y estudiantes. Para llegar al Bazar Andreu, había que pasar por el edificio del Correo en el Viejo San Juan, cuyo edificio también alberga el Tribunal Federal.

Para las muchachas fue una gran sorpresa cuando se encontraron frente a frente con don Gualberto, ataviado con un delantal de hule negro, quien, con escoba en mano, barría la acera del edificio. Queremos aclarar que la labor de barrer aceras no debe avergonzar a nadie. Cualquier trabajo, que no sea robar, es digno y se puede hacer con mucho orgullo. El problema es hacerle creer a la gente lo que uno no es…

Don Gualberto no sabía qué hacer, ni dónde meter la cara. La escoba era demasiado pequeña para esconderse detrás de ella. Las muchachas lo saludaron con mucho respeto, pero no hubo mayor intercambio de palabras entre ellos.

Pero cuando las muchachas llegaron a sus respectivos hogares y contaron lo visto, ¡ése fue el chiste del año! A la gente no le agradaba la forma altanera de ser de don Gualberto, y llegó la hora de saber que el empleado del

Correo, con tanta pompa, era un conserje. ¡Una vieja chismosa, que no lo soportaba, dijo que el tal "don" Gualberto era un limpia-inodoros con saco y corbata!

¿Cómo afectó este incidente la relación entre Ramonita y don Gualberto? Don Gualberto se distanció de una manera fulminante y total. Solo apareció cuando Ramonita fue a dar a luz, luego de ser localizado mediante un número de teléfono que había dado de forma muy confidencial, y solo para casos de emergencia. La razón de su comparecencia al hospital fue que se trataba de un parto difícil.

Ya Ramonita y su mamá se habían enterado de la verdad sobre el empleo de don Gualberto. Todas las esperanzas que tenían de salir de la pobreza con este caballero rodaron por el piso.

Ramonita llegó del hospital con su bebé, una niña preciosa, pero muy abochornada por las fantasías que había entretenido con este señor. ¡Los vecinos se habían enterado que don Gualberto solo tenía un segundo grado de escuela elemental, aunque no le cabían más plumas fuente y lápices en los bolsillos, y su periódico siempre bajo el brazo!

La vergüenza y la decepción de Ramonita y su mamá tuvieron un costo. Empacaron todos sus trastes y su ropa, y regresaron a Naguabo, donde tenían su familia.

RECUERDOS DE SÁNCHEZ LAGUNA

Ángel Guillermo Sánchez Laguna nació en Manatí, Puerto Rico, en el mes de abril de 1939. No conozco los datos de sus padres, pero sé que este personaje de origen humilde era un hijo natural. A la edad de 14 años llevó una cruzada contra su padre biológico para que le diera el apellido, y tuvo éxito sin tener que recurrir a ningún abogado.

Se graduó de escuela superior en Manatí y estudió enfermería en el Centro Médico. Allí se enamoró de una compañera de estudios, se casaron, y procrearon 2 hijos. Luego de 4 años, este matrimonio terminó por divorcio.

A Sánchez Laguna, como era conocido en el ambiente legal, en los tribunales, y en el Registro de la Propiedad, le fascinaban los tribunales. Conocía a todos los abogados y jueces, y por ese amor al quehacer legal, se dio cuenta que su vocación era ser un emplazador profesional, profesión en la cual se desempeñó hasta el mes de mayo de 2000. Era flaco, bajito de estatura, de tez clara, ni blanco ni negro. Además, era hiperactivo y ágil; tenía una mente fotográfica, y siempre estaba dispuesto a trabajar.

Comenzó su profesión de emplazador en el 1965, cuando el Lcdo. Samuel Maduro Classen, de la avenida Borínquen en Barrio Obrero, le dio una orientación de cómo se emplazaba legalmente a una persona, y le encomendó un caso difícil. Se trataba de un empleado de la Autoridad de Energía Eléctrica, que no se dejaba emplazar.

Sánchez Laguna averiguó que el individuo en cuestión era miembro de una brigada que estaba trabajando en Sabana Llana en Río Piedras, llegó al lugar donde estaba la brigada, y el sujeto se hallaba celando líneas en lo alto de un poste. En esta época, los trabajadores de energía eléctrica usaban una especie espuelas para subir a los postes de madera. Desde el suelo, Sánchez Laguna le anunció al hombre que tenía que entregarle unos papeles del tribunal. ¡El hombre le dijo que subiera al poste; que él no iba a bajar!

No corto, ni perezoso, Sánchez Laguna le pidió unas espuelas prestadas a los compañeros, se las puso, subió al poste, y cumplimentó el diligenciamiento. De esta proeza se enteró la gente del Tribunal, y Sánchez Laguna se dio a conocer y a respetar.

No había un solo abogado del Área Metropolitana que no hubiera contratado a Sánchez Laguna. Era muy responsable con su trabajo. Si tenía que pasar despierto toda la noche para diligenciar un emplazamiento, lo hacía sin chistar. Además de emplazar, radicaba documentos en las secretarías de los tribunales, y escrituras en los registros de la propiedad.

Se podía dar el gusto de cobrar más barato que sus colegas porque no tenía teléfono, "beeper", celular, ni automóvil. Para vivir, siempre conseguía apartamentos de precio moderado, hacía una compra, y él mismo cocinaba.

Cuando se celebraba un juicio en San Juan, Carolina, o Bayamón donde había cobertura de la prensa, Sánchez Laguna sacaba tiempo para conocer el asunto. Se sabía de la A a la Z lo que pasaba, y tenía la habilidad para que, cuando llegaran los fotógrafos o los camarógrafos de los periódicos o de la televisión, él siempre salía retratado. En su apartamento tenía un álbum de recortes de periódicos de casos en el tribunal, donde aparecía su cara. También usaba esa técnica en los funerales de gente importante. Sánchez Laguna estaba allí.

Su primer viaje en avión fue a la República Dominicana, en el 1971. Allí conoció una muchacha hermosa que se llamaba Felícita Severino. No hubo una sola persona en los tribunales ni oficinas de abogados a quien él no le enseñara la foto de la joven. Dos meses más tarde, regresó a Santo Domingo, y se casó con ella.

Regresó a Puerto Rico con el Certificado de Matrimonio y todos los documentos de la muchacha para hacer la petición de residencia ante el Servicio de Inmigración. Después de la boda, viajaba con frecuencia para estar con su nueva esposa. Sin embargo, enfrentó dificultades para traerla porque no rendía Planilla de Contribución Sobre Ingresos estatal, ni la Planilla Federal de contratista independiente, y no pudo conseguir a nadie que lo ayudara en esa gestión. Cuando la muchacha vio que había pasado un año sin que le hiciera la residencia, no quiso saber más de él…

Sánchez Laguna estaba muy pendiente de las féminas en todas las oficinas de abogados que visitaba, en los tribunales, y el registro de la propiedad. Si la secretaria era guapa, él, con mucho respeto, se hacía ganar la atención. Era excelente declamador. Su interpretación de poema "Valle de Collores", de Luis Llorens Torres, y "Río Grande de Loíza", de Julia de

Burgos, eran tan sobresalientes, que cualquiera se emocionaba. También tenía muchos poemas de su autoría. Fue el poeta de su clase graduanda de escuela superior. Uno de sus poemas más memorables era el que comenzaba con la estrofa que decía: "La noche tendió su negro manto…"

Para los años 1996, 1997, 1998, y 1999 viajó a la República Dominicana más de 30 veces. Su pasaporte ya no tenía páginas para ser ponchadas por las autoridades de inmigración, y tuvo que pedir al Departamento de Estado que le añadieran más páginas.

Ángel llegaba desde Puerto Rico al Aeropuerto de las Américas. Allí se montaba con su bulto en un "concho"[37]. El concho lo sacaba hasta la Autopista de las Américas, y allí tomaba el autobús que va de San Pedro de Macorís a la Capital. El concho le costaba diez pesos dominicanos, y el autobús cincuenta pesos dominicanos. En un taxi, este viaje cuesta más o menos $30.00 dólares EE.UU., por persona.

---

[37] Transporte público en motocicleta que abunda en la República Dominicana

En el 1996, Ángel tenía 58 años, y en uno de sus viajes, conoció en la Playa de Boca Chica, una muchacha de 18 años, que vivía en Villa Faro en la Capital. La muchacha le dio su dirección y número telefónico. Él regresó a Puerto Rico, y a todo el que veía, le enseñaba la foto de su novia. Regresó a Santo Domingo y se casó con ella. A su retorno a Puerto Rico, llega con un álbum de fotografías de la boda. La muchacha quedó embarazada y en el 1997 dio a luz una niña que era la misma cara de su papá. Cuando la niña cumplió un año, le celebró el cumpleaños y el bautizo. Todo iba muy bien. Cuando no viajaba, Ángel enviaba dinero para la nena.

Desafortunadamente, en su último viaje en Navidades de 1998, Ángel se enteró de que la mamá de la niña estaba saliendo con otro hombre. Él no mostró ningún coraje, mal de amores, ni rencor, sino que simplemente dio por terminada la relación.

Para el mes de mayo de 2000 los abogados y demás personas que lo conocían comenzaron a darse cuenta de que su personalidad había cambiado. Trataba de no hablar ni relacionarse con otras personas. Se veía triste, confuso, y perdió el movimiento de su mano derecha. Aparentaba haber sufrido un derrame cerebral.

Comenzó a quedar mal con su trabajo, y cuando sus clientes le llamaban la atención, bajaba la cabeza, y se le salían las lágrimas. Perdió el apetito, comenzó a perder peso, y se negaba a visitar a un médico.

Entregó los trabajos que tenía pendientes a los abogados que por tanto tiempo lo habían contratado sus servicios como emplazador. Dijo que se iba para Manatí, para la casa de su tía, y les dio el número telefónico a sus clientes de más confianza. Nunca regresó, y no se supo más de él.

Pasaron varias semanas, y al llamar a la casa de su tía, no quiso hablar por el teléfono. La tía informó que estaba enfermo y que no quería ir al hospital. Cuando la tía no pudo atenderlo más, se mudó con su hermana, en el mismo pueblo de Manatí. Tenía una mecedora en el balcón, donde se sentaba desde que salía al sol, hasta que el sol se ponía. No hablaba; solo sonreía cuando lo saludaban. El día 13 de enero de 2013 falleció, allí, sentado en el sillón.

SOBRE EL AUTOR

Emilio Augusto Montañez Delerme nació en Santurce, Puerto Rico. Es hijo de don Federico Montañez Walta, quien nació en Fajardo, Puerto Rico, y doña Juana Delerme, quien nació en Vieques. Al momento de la publicación del libro Historias de mis Maestros, doña Juana aún vive, y se halla clara de mente a los 103 años.

El autor es el tercero de 7 hijos, en un hogar en el cual no se procrearon niñas, y a pesar de los tiempos difíciles que se vivieron en los años '40 y '50, casi todos son egresados de la universidad. El autor lleva 40 años ejerciendo la profesión de abogado. Sus estudios de bachillerato y de derecho, los realizó estando empleado a tiempo completo.

edelerme55@yahoo.com